古保祥◎著

雨是乌云的花

他们曾和你一样平凡

山西出版传媒集团
山西人民出版社

图书在版编目（ＣＩＰ）数据

雨是乌云的花：他们曾和你一样平凡／古保祥著．
—太原：山西人民出版社，2013.5
ISBN 978－7－203－08147－0

Ⅰ.①雨… Ⅱ.①古… Ⅲ.①散文集－中国－
当代 Ⅳ.① I 267

中国版本图书馆 CIP 数据核字（2013）第 065923 号

雨是乌云的花：他们曾和你一样平凡

著　　者：古保祥
责任编辑：李　鑫
装帧设计：刘彦杰

出 版 者：山西出版传媒集团·山西人民出版社
地　　址：太原市建设南路 21 号
邮　　编：030012
发行营销：0351－4922220　4955996　4956039
　　　　　0351－4922127（传真）　4956038（邮购）
E - mail：sxskcb@163.com　发行部
　　　　　sxskcb@126.com　总编室
网　　址：www.sxskcb.com

经 销 者：山西出版传媒集团·山西人民出版社
承 印 者：山西出版传媒集团·山西新华印业有限公司

开　　本：890mm×1240mm　　1/32
印　　张：6.75
字　　数：130 千字
印　　数：1－5 000 册
版　　次：2013 年 5 月第 1 版
印　　次：2013 年 5 月第 1 次印刷
书　　号：ISBN 978－7－203－08147－0
定　　价：18.00 元

如有印装质量问题请与本社联系调换

自序
字是书的花

　　小时候上学时，我最兴奋的事情莫过于发新书了。新书刚刚捧在手中，我便吸吮她的芳香。这种香，与油不一般，是沁人心脾的气息。

　　我们同龄的小伙伴们，总是爱分享闻到书香后的感受。记得有一次竟然惊动了老师，老师要求大家说出闻到书香后的感受，一个小朋友说："像香油。"而我则说得十分有趣："像花香。"老师带头鼓掌。这样的场景，至今仍然活跃在心里，久久挥之不去。

　　这是我生平第一次受到表扬，我与书的渊源便拉开了帷幕。

　　父亲对我要求十分严格，他推崇那种"变本加厉"的教育模式，加班做功课是常事，不怕我的身体是否受得了。对于书籍的管理，父亲也是常出新招。我的书皮包得比别人的厚——如果在学习中将书弄破了，我得赶紧包裹一新，因为父亲不喜欢看到书破烂的样子，在他的眼里，书烂了，品德也不会咋样。

　　长大后，我总是爱与父亲探讨书香的缘故。

父亲回答我："这种香不是每个人都能够闻出来的，如果与书有缘，就可以闻到。书香若有若无，若隐若现，合上书，还能够闻到书香的人，便是状元之材。"

我还听说过一段关于书香的对话，一位学生问老师："书为何会有香味？"

老师沉吟了半晌后说道："花有香味没有？"

学生回答："当然有，世界上所有的花都有香味。"

"书也是一株植物呀，是植物都有开花的可能，所以就有了书香。"

"书也是植物？那么，书的花是什么呀？"

"当然是字呀，字是书的花，一本书能够开出千朵万朵的花，花是作者的灵魂，书却是作者的心事，花开在心事之上，便成了一本书。如果是好书，香味便挥之不去。如果是烂书，香味会有一些，但架不住时间的煎熬。"

这是我听到的关于书的最精彩的对话。

书的香味来源于字，字的香味来源于作者的思想与爱。字是作者灵魂的绽放，书是作者一段时间灵魂的总结，字与书的结合是珠联璧合的曼妙之体；字与字的奋斗便是书，是有理有据的结合，合法合理的承诺。所以说，字与书组成了一个世界，一片海洋，一种世间大爱。

书可以扬眉吐气了，因为她的生命全部是精雕细琢出来的，没有丝毫的节省，所以说，书才是世界上最神奇的植物，因为她不开花则已，一开花便是整个春天。

书的果实在哪儿呢？在人们的心里。有些人本嗜书如命，却没有将她转化为实践，只是读了一辈子死书，任凭花朵从书的枝头摇曳到自己的枝头；有些人是聪明的人，他们将书的精魂与自己的思想凝聚在一块儿，世界为此翻天覆地。

字是爱，奋斗是媒介，字便是自己送给自己的梦。

梦是路，进步是台阶，梦便是自己开给自己的花。

目　录

目
录

第二辑　智慧的蹊径

第三辑　从跬步到千里

目录

第四辑　从挫折到精彩

第五辑　志当存高远

目
录

第六辑　爱拼才会赢

第一辑　豁达的心态

　　雨，滋养着干涸的大地，给万物带来润泽和生机。谁想过，雨竟然是乌云的花。乌云让人瞧不起，却昂首挺立。云开雾散后，滴滴雨水奔腾流淌，谱写出一部大爱无疆的人间童话。

　　人，亦是如此。当面对不被理解，不被接受，我们应该充满信心，不屈不挠，用实际的行动，谱写自己的曲目。

雨是乌云的花

　　1936 年 4 月，春意盎然的捷克首都布拉格北郊，山花烂漫的校园，朗朗的读书声，仿佛置身于蓄谋已久的二战之外。15 岁的米勒坐在自己的座位上，不停地摆弄自己手中的一个微型玩具。他正在开动脑筋策划自己的方案，想制造出世界上最完美的童话图案。这是他从小就树立的伟大梦想。

　　课堂上不允许想入非非，更不允许丑态百出，多卡尔老师提醒米勒注意听讲。听到老师批评米勒时，课堂下面骚动起来，同学们忍不住回头看米勒——他长相奇特，丑陋无比，自诩为"乌云"，黝黑的肤色让"乌云"的绰号显得自然而然。

　　许多老师均对米勒的表现不满意，因为他天生外向的性格、不安分的心灵带动了许多同学的行动。他们甚至计划去做"惊天地、泣鬼神"的大事，但在老师眼中这不过是一群无聊学子的奢想而已。多卡尔老师曾经找过米勒谈话，问他到底想做什么？

　　米勒回答："我要找一种形象代表孩子们的心声，孩子们可以快乐地通行在自己的海洋里，就是这些。"

不可思议的回答。

多卡尔老师只好通知了他的家长，在他看来，有其父必有其子。

父亲对米勒进行了教育，恳请老师再给他一次机会，老师却讽刺道："乌云也想开花？哪一朵花是乌云的花!?"

米勒在学校里进行了尝试，他一直梦想着找到一种适合孩子们娱乐的形象。他将自己的方案整理后发到了一家音像公司，结果却石沉大海，又做了其他尝试也杳无音信。

1939年，二战爆发，他被当作劳工强制到战场上服役，受尽了折磨却死心不改，他这朵"乌云"差点死于刀枪之下。

二战结束后，他回到家乡。家早已狼藉不堪，庄稼地里到处都是鼹鼠的天下，它们在田野里舞姿翩翩，似乎战争没有触及它们的内心世界。

那日，米勒出门散步，却无意中掉进了一个土坑里，原来是鼹鼠打洞留下的洞穴。灵感不请而至，他忽然间想到了可爱、顽皮的鼹鼠形象。鼹鼠也有灵魂，也有它们的生活，如果将它们的故事搬进书本里，加以童话般的描述，一定会赢得小朋友们的青睐。

喜出望外的他一口气制作出《鼹鼠的故事》系列。次年，《鼹鼠做裤子》在荧屏上首映，取得了空前的成功。孩子们纷纷挑大指称赞这个可爱的动画形象。

乘着这样的灵感之光，《鼹鼠的故事》绵延千里万里，直抵每个孩子的心灵深处。在接下来的几年时间里，《鼹鼠和青蛙》、《鼹鼠的梦》等续集接连推出，孩子们终于找到了一种自己喜爱的动画形象，"鼹鼠的故事"成了孩子们的天堂。

上世纪 60 年代末到 80 年代初，是米勒创作的高峰期。如今，鼹鼠系列已经在全球十五个国家出版，有四十种语言读本，成为了全球脍炙人口的畅销经典。

《布拉格日报》采访他时，他趣味十足地解释道："乌云也会开花的，现在我要告诉大家，雨是乌云的花！雨从乌云的内心分离出来，淅沥自由，滋润着大地万物，使所有的灵魂生机勃勃。谁说黑暗的乌云不会开花？"

雨，滋养着干涸的大地，给万物带来润泽和生机。谁想过，雨竟然是乌云的花。乌云让人瞧不起，却昂首挺立，

乌云也会开花的。

云开雾散后，滴滴雨水奔腾流淌，谱写出一部大爱无疆的人间童话。

　　乌云也是上帝的垂赐，如果你的天空正乌云密布，你有福了，因为乌云正是雨的酝酿，而雨是乌云的花。

苦涩之后是芳香

日本东京，时间是 1998 年 3 月，春寒料峭。日本有名的茶道公司门口站满了等候面试的人们，他们顶着初春的寒冷只是为了躲避亚洲金融危机的冲击，每个人都希望谋求一职，来渡过这个困难的时刻。

一个 20 岁左右的男孩子，在人群中显得极不协调。他的脸充满了沮丧与不自信，他左边空空的袖管下埋藏着自己多年前的一场噩梦。

有人对他说："山田拓朗，你也来应聘吗？我看你还是回家照顾母亲吧，再说，你的个人条件人家不会答应的。"

山田的脸上一片绯红，但他仍然坚强地站直了身子："我什么都可以做，放心吧，我不比你们健全的人差多少。"

面试的结果可想而知，他遭到了拒绝，面试官的目光中甚至充满了不屑。

山田无奈之下，只好到当地的一家茶园去上班。虽然工资少得可怜，但总比在家里闲坐着好得多。

他每日里郁郁寡欢，回家时便给母亲抱怨自己的命苦：为什么自己的左臂会遭受不测？他甚至觉得父亲的去世是上天对自己的惩罚。

有一天上班时，茶园主邀请他坐下喝茶，他受宠若惊。茶是苦丁茶，一种不起眼的茶，在市场上到处都是，卖不上价钱，许多人用来洗手泡澡。

他品了一口，觉得苦涩无比，忍不住吐了出来。

茶园主问他："这茶十分苦吗？"

"是的，就像我一样，身世凄苦，但这就是命，它不可能变成另外一种茶，没有人会记得这种茶的香味。"

茶园主笑笑，用自己刚刚喝过的茶杯换了另外一种茶，然后让山田喝。他喝下去后，感觉到一种别有的清香，他赞叹道："好茶，这是什么茶？"

"不，这是白开水，我根本就没有加茶叶进去。不过，我

用的茶杯是常年浸泡苦丁茶的杯子。你不要以为苦丁茶就是一种苦茶，它不是没有香味，它只是将所有的香味都浸在了杯子里。你刚才不是说没有人会怀念这种茶的香味吗？你错了！杯子记下了这种茶的香味，不然，香味为什么会出现在白开水里呢？"

……

"苦涩之后是芳香，总会有人记得你的才能。你喜欢游泳，是吧？我的游泳馆可以常年向你免费开放，相信你可以成为一位出色的残疾人运动员。"

这个叫山田拓朗的孩子犹如醍醐灌顶。

人不是一无是处的，哪怕这人的身世多么的卑微寒酸，多么的凄凉。

他在泳池里找到了自我，并且在 2010 年取得了广州残亚运动会的第一枚金牌。

即使你不被全世界赏识，但总有一只杯记下你的香味，当时间的嘴掠过痛苦的杯沿，上帝早在不经意间将成功的因子拷贝在生命的内存里，轻抿一口，唇齿留芳，香飘无涯。我们所有人都是一杯茶，在苦涩之后，总会有人记得你的香味。

高处其实无掌声

　　1958 年的捷克首都布拉格，正是冬日的黄昏，ABC 剧院里依然灯火通明。哈韦尔十分卖力地改着剧本，他对自己的剧本不满意，并且觉得自己饰演的主人公也是差强人意。他的老师克得导演眯着眼睛在打盹，他并不在意这个学生的表演。

　　哈韦尔想摇醒老师，他想得到恩师的指导，因为自己现在有些手足无措，但他没有去打扰老师，因为他害怕老师对自己更加不屑一顾。他不停地搓着手，没有暖气的剧院里呵气成冰。

　　演出还是如期开始了，克得对他的不屑反而激发了哈韦尔的斗志。他拼命地演着每一个动作，表达着每一句台词，与配角的配合也是相得益彰、水到渠成。台下掌声如雷，哈韦尔无疑是今晚的主角。

　　哈韦尔演出结束后，在他的日记中这样写道："最喜欢的是那如雷般的掌声，将自己所有的辛苦全部冰释了，能够得到观众的肯定是一件多么快乐的事情。"

哈韦尔不断地攀登艺术高峰，他一口气写出了一系列剧本，并且自己担当主角。他每次表演都如鱼得水，得到阵阵掌声。他开始高傲起来。

1960 年的春天，一部叫做《哈克雷》的戏剧在布拉格上演。意想不到的是，哈韦尔竟然忘了台词，台下的观众嘲笑着……哈韦尔从未有过的失败！他忘了去弥补缺憾，竟然破罐破摔地一怒之下回了后台。台上尴尬冷清，剧院的负责人不得已出来解释，却得到了一阵观众的怒骂。记者们闻风而动，将这件负面新闻编成各式各样的版本，有的报纸甚至说哈韦尔昨晚纵欲过度，体力不支。

克得仍然淡定地看着自己的学生。哈韦尔沮丧之余，顿足捶胸，说："我不想演了，这帮无知的观众。"

克得却轻蔑地笑了起来："你呀，太在意观众的掌声了。掌声只是外界赋予你的东西，你知道一个演员最应该注意的是什么吗？是自己的能力、品质和修养，你太在意别人对你的看法了。"

哈韦尔反驳道："观众的掌声是对自己作品的肯定，这有什么错误？"

"真正到了高处，是没有掌声的，你登上珠穆朗玛峰时，你能听到掌声吗？"克得最后一句话说得斩钉截铁。

哈韦尔沉思了一个晚上，第二天早上，他毅然决然地去了报社。他要向所有的观众道歉，请求大家原谅自己，自己一定会痛定思痛，做一名品质高尚的演员。

　　这个叫哈韦尔的演员从此平步青云，先是做演员、导演，后来成为幕后制作人，直至后来顺风顺水地成为政府的一名议员。1989年，他当选捷克斯洛伐克总统。1993年1月，捷克和斯洛伐克分离后，他又成为捷克的第一届总统。他常说的一句话便是："不要太在意别人对自己的看法，自己努力了才是最重要的。"

　　掌声只是鼓励自己前进的外因，真正的内因在于自己的努力。即使这世上没有掌声，我们也不能故步自封，而应当阔步向上攀登新的巅峰。如果有一天，你到达奋斗的高处时，你会发现：真正的高处，原来没有掌声、鲜花与回音。

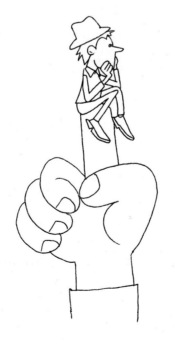

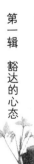

第一辑 豁达的心态

没有道路通罗马

托德·库姆斯是纽约市中心小学的一名学生。按照父母对他的人生设计，他目前的兴趣所在应该在绘画上，因为他出生于绘画世家。但他好像对父母的安排不是太感兴趣，往往背着父母去做一些投资方面的工作。

在学校里，他偷偷地做投资贷款，这在学生中尚属首次。他暗地里操纵着一家小型的投资公司，专门收取学生们的贷款费用。这让校长十分无奈，甚至几度让托德的父母过来领他回家，但每次，他都会痛下决心地表达自己的意愿，说自己唯一的长处是绘画。

在绘画方面，他的确有天赋，他的画作十分吸引人，并且一直是绘画老师眼中的天才：将来这一定是一位了不起的绘画大师。

但他前行的道路并非坦途，他的画作虽然在校园里引人注目，可就是无法吸引大师们的注意力，几次大奖都与他擦肩而过。

时间来到了他 25 岁那年，他在全美的一次绘画大赛中又一次败北，他一怒之下烧毁了自己全部的画作，并且发誓不再手握画笔。他喝了许多的酒，直至困醉于柏油马路上。

他醒来时，发现自己的身边有一个老头子。老头子面目和善，见他醒来，笑着说道："你这小鬼，我早就注意你了，你在校园里的恶作剧我可全知道。我是一家贷款公司的负责人，要知道，我正在寻找一位投资方面的天才。"

"可我只是一个画画的人，不是什么投资方面的天才。"

"给你讲个故事吧，古时候，许多人慕名前往罗马，那儿是高手云集的地方，只要到达那儿，也就是到达了天堂。一个小伙子本来打算去罗马圆梦。一日，他路过一个路口，问一位老者：'这条路是通往罗马的吗？'老者说：'不，通往佛罗伦萨，你去吗？'年轻人说：'我是去罗马的，不去佛罗伦萨。'老者却意外地说道：'没有道路通罗马，只有一条路去佛罗伦萨。'年轻人后来想了想：'好吧，我去佛罗伦萨。'他后来到了佛罗伦萨，意外地找到了自己失散多年的亲人，便安居在那儿，成家立业，安度晚年。"

库姆斯大悟着说道："是呀，如果没有道路到达罗马，去佛罗伦萨也是情理之中的事情。"

这个叫库姆斯的年轻人，毅然放弃了学习十多年的绘画专业，开始经营股票与投资。他摸爬滚打了十多年时间，终于成了一家小型基金公司的负责人。

但在 2010 年年底，库姆斯却意外地成就了一番辉煌，股神巴菲特选中他成为自己的接班人。这个家伙一下子变成了金凤凰。

巴菲特选取他的理由是："他是个投资方面的天才，就像我自己年轻时候一样。"这也许是对库姆斯最高的褒奖。

人生的许多境地便是如此：没有道路通罗马，我们该如何选择？也许另外一座城市也有鸟语花香、姹紫嫣红。

放弃亦是成功路

1892 年的一个夏天，德国柏林大学的一所实验室里，突然间发生了一声惊天动地的巨响，教授与学子们奔走相告前去救火。当人们到达现场时，在弥漫的硝烟中，一个二十多岁的年轻人正捂着鼻子满脸是灰地仓皇逃离现场。

这个叫马尔德的年轻人被警方很快控制了。校长随后发现了马尔德在违背科学常识地做一场自命不凡的实验。

校长皮修十分恼怒，他对马尔德说道："我警告过你，这是天方夜谭，是永远不可能成功的，你如果再这样做，就会要了你的小命。"

警方将他关进了警察局里，他面临着多项指控：故意毁坏公共设施、蓄意谋财、违背科学。

一年以后，他被释放出来，去寻找皮修校长要求返回校园。皮修不理不睬地说道："你是个疯狂主义者，这种态度十分适合科学实验，但你要知道，一切实验都要建立在科学的基础之上，而不能违背科学。我不能收留你，我不想让学校变成你我的坟墓。"

马尔德天赋惊人，他对古今中外的一些科学实验结果持反对态度。他一直在研究物质原子理论，想通过实验证实自己的想法，可每次实验都以失败而告终。

没有了实验室，他自己造。很快，一个微型实验室在郊区建成了。他白天是乞丐，晚上便成了一个科学家。他省吃俭用，还请了两个略微懂一些物理常识的助手，但助手听说他的实验流程后吓地夺门而逃——他们不想与一个疯子合作。

1894年3月份的一天，随着又一声爆炸，这个叫马尔德的年轻人进入了柏林市最大的一家医院。他不得不面临着整容的现实，因为在爆炸中，他被炸地体无完肤。

半年后的一天，一个面容憔悴的年轻人挂着拐杖出现在自己的家门口。马尔德的父亲请来了两位物理学家，请求他们说服自己的儿子不要再做什么惊人的实验。说服无果，马尔德是个狂热主义者，他深知一项理论的诞生总是充满了惊险与磨难。他相信上帝会眷顾自己的。

为了这个原理，他奋斗了二十余年时间，丢掉了一切，包括爱情与幸福，但他的实验毫无进展。

1915年，爱因斯坦阐述了广义相对论，震惊全世界。马尔德病痛交加，愧疚难当。他忍着剧痛进行了毕生最后一次实验，最终死在实验台上。

爱因斯坦听说这个消息后，前往探望马尔德的遗体。当他观察了马尔德的实验流程及结果时，爱因斯坦连声叹气：一个错误的方向延误了一个天才的一生。

马尔德其实并不知道，爱因斯坦小时候是个狂热的小提琴爱好者，曾经参加了各式各样的大赛，并且取得过不错的名次，可是在世界大赛上，他却一次次败北碰壁。在一次次聘请高师无果后，他毅然决然地选择了放弃音乐事业，投身于物理学研究领域。

在人生的道路上，选择失败是多么的艰难，但硬撑着一个自己无力解决的事业，苦了自己，又害了别人。既然你千方百计也无法成功，那就该选择失败，拿得起放得下的人才是真英雄。

有时候，我们通常被执著蒙蔽了双眼，执著也需要选择。如果不能成功，请选择放弃。

第一辑　豁达的心态

耳濡目染限思维

　　一只癞皮狗卧在人行道旁，若无其事地摆弄着自己脏兮兮的身躯。它时而煞有介事地抖落一下身上的尘埃，好像自己已经是这个世间的主角，时而蜷缩一下双腿，示意旁边路过的自行车，自己要睡觉，不要阻挡一只狗的好梦。

　　一个坏小子，躲在树的后面，观察着这只无人注意的狗。他是一个蹩脚的演员，梦想着有一天站在舞台上出人头地，但世事难料，梦想成真的誓言如风如梦。他接到一条通知，让自己在新剧中饰演一只弱不禁风的狗。迫于生计，他答应了这个无人问津的角色。他在认真地观察一条体无完肤的狗，梦想着自己在舞台上如何收获成功。

　　他观察了一天时间，有了意想不到的收获。傍晚时分，他找到了自己的启蒙老师，那个蒙着一只眼睛的家伙认真地看着年轻人的表演。他看到了一半，便抬起了脚，实实在在地踩到了年轻人的身上。年轻人挣扎着站了起来，看来，老师对自己的表演十分不满意。

老家伙质问他："你是怎么想的，怎么演的像一条无所事事的狗？弱不禁风不代表不生存，不挣扎，它是一条生命，即使生活再艰辛，也要活在世上。要演出它的脆弱，它的与世有争。你看错了狗，也演错了狗，为何不关注另一只狗？它就在街的另一角，每日里与一帮狗崽子们打交道，它为了生计，抢它们口中的吃的，被狗崽子们咬的千疮百孔。"

　　原来是自己观察错了狗。

　　年轻人顿悟。他马上赶到了街的另外一角，一眼便发现了那只瘦弱的狗。它睁着惊恐的眼睛，瞅着周围的人群如惊弓之鸟。

　　一个年轻人赶了过来，用脚踢了它。它招架着，无奈地退到一角，等到年轻人路过后，它朝着他的背影无助地叫唤着。年轻人回过头来骂它，它则依然故我。

　　旁边的饭店门开了，垃圾与脏水倒了出来，漫延到了整个大道上。狗欣喜若狂起来，跑到垃圾堆里肆无忌惮地找着食

物。一只猫赶了过来，侵犯了狗的领地，狗憔悴的头抬了起来，猫此时才发现，原来这里是别人的地盘。狗就是狗，狗有狗的本性！猫仓皇失措地逃窜至远方。

年轻人将这狗的形态牢牢地记了下来，在第二天的面试会上栩栩如生地表演出来，导演拍案叫绝。

舞台上，一只狗卧在地上，被万人唾弃，狗一直反抗着，直至它咽尽了最后一口气。它苍凉的身影让台下的观众掌声如雷，大家记住了一个叫麦德斯·米科尔森的年轻人。2012年，他凭借一部叫《皇家风流史》的电影，一举夺得了柏林电影节最佳男主角，这个奖项，是对他从小经历坎坷与磨难的最佳奖励。

生活是一面镜子，你看到的事物会耳濡目染地影响你的情绪和能力。有时候，我们将思维限制在一件事物上，怨天尤人，裹足不前。与其限制自己的思维与角度，不如关注另一件事情吧，也许有转机。

世上本无黑色花

　　他从小就表现出极为活跃的运动能力。有一次，他搞恶作剧，将父亲的帽子里塞满了狗屎。父亲发现后追打他时，发现他跑得比狗还要快。

　　为了他的将来，家境贫寒的父母还是将他送入了体校，但这需要花许多的钱。父亲是个生意人，每天风里来雨里去的不着家，但收入却甚微。母亲为了他白天去扛麻袋，晚上时分坐在油灯前给别人缝补衣服。

　　但这一切，他似乎没有感觉到，他只是若无其事、信马由缰地按照自己的年轻思维去逃学、缺课。直至有一天，父亲站在他的面前询问他的成绩！老师将一份极为糟糕的成绩单甩到父亲面前，父亲看后，痛苦不已，揪着他的耳朵回到家中。

　　他不得不被父亲软禁在家里闭门思过。他的工作就是去叔叔的花园里侍弄鲜花，那儿缺少一个花匠。

　　叔叔是个很幽默的人，跟他开玩笑说："学成回家了？"他没好气地埋怨叔叔。

叔叔说道："你看看这些五颜六色、姹紫嫣红的花，可你见过有黑色的花吗？"

"有呀。"他不假思索地回答道："墨菊呀，我见过的，它是黑色的花。"

"你错了，孩子，它并不是黑色的花，应该属于深紫色。"说着，叔叔将他领到墨菊前面。他弯下身去，仔细地端详后，恍然大悟。

"叔叔，为什么这世上没有黑色的花呢？难道是不好看吗？"他歪着小脑袋问叔叔。

"这是适者生存的规律。花儿也是一种有灵性的生物，黑色容易吸收太阳光，而过多的太阳光会将花蕊晒伤，为了防止自己被晒伤，时间久后，它们逐渐淘汰了黑色的花素，而转变成了其他颜色，就是这些，孩子。"

世上本无黑色的花。

他似乎有所感悟，低着头不吭声。

叔叔转移了话题："孩子，世上本无黑色的花，世上也没有绝对黑色的人生。所有的困难、黑暗都是相对的，拨开了乌云，你就会发现阳光。战胜了困难，你就可以取得成功的绿宝石。人也必须学会适应自然、社会和生命，等到你的奋斗到达理想状态后，你就会发现，黑暗早已经远远地躲开了你，你收获的都是色彩缤纷的花。就像那些花儿，抛弃了黑暗，坚强地绽放着。"

这个叫博尔特的孩子哭着离开了叔叔的花园，他找到了父亲，给父亲立了一份契约，如果不成功，决不返回家园。

天道酬勤。博尔特所取得的成功是空前的，也是绝无仅有的。2008 年北京奥运会上，他连续打破男子 100 米和 200 米的世界纪录。2009 年，他更是以提高 0.11 秒的成绩打破了自己创造的男子 100 米世界纪录，成为史上第一人。

世上本无黑色的花，世上也无绝对黑暗的人生。我们为何不能学会生存法则，去改变自己，改变黑暗，迎接光明呢？

歪脖树下一念间

　　他出生在秘鲁南部的亚雷基帕市，从小就不安于现状，与一伙孩子玩耍时，他总要想方设法地当孩子王。他是个从小喜欢政治与权力的人，曾经为了与另外一群孩子争夺地盘，他领着"自己的队伍"与对方发生了血拼，结果是他差点被关进地方政府设置的少年监狱。

　　偏偏是这样一个喜欢暴力的孩子，竟然也与文学有缘。他小时候无意中写下了一篇关于爱情的文章，在校园里被大家疯传。老师拜读后，认为他偏于成熟，但的确是个写文章的好料子，如果少一些血腥，说不定，他有可能成为一代文豪。

　　1953年，他考上了秘鲁大学，主修文学与法律。在这期间，他阅读了许多外国名著，开始尝试着写作。后来，他因涉及政治而被当局认为不可理喻，又差点失去了写作的权利。

　　迫于政治压力，他开始长期留学欧洲。他的确不是一个乖巧的孩子，在短短的五年时间里，他先后就读了剑桥大学、伦敦大学、哈佛大学与哥伦比亚大学。但他简直是个怪才，在每个大学，他都能以优异的成绩毕业，并且得到老师与同学们的高度赏识。大家都不知道他的心思，他一直在捞取属于自己的人生资本和政治资本。他一颗脆弱的心灵下面竟然埋藏着另外一颗滚烫的从事政治的野心。

在留学期间，他的文学创作并未停止。作品所涉及的内容偏向于反独裁，就像他的性格一样放荡不羁。渴望自由、介入政治成了他文学创作的独特魅力。他的这些作品传回国内时，竟然得到了一些"极右势力"的支持。

时间来到了1987年，他回到了秘鲁，组建了一个新的政党——"自由运动组织"，参加总统选举。他将自己的作品极力宣传给选民，提出了主张全面开放的市场经济的主张，但流年不利的他惜败给了对手藤森。他的人生跌入了低谷。

在其后的一段时间内，人们很少见到他。有人曾经在河边看到低头沉思的他，他很想将自己的身躯置入冰凉的河水中，但河水并不喜欢他。他也曾在树林里寻找一棵歪脖子树，想用一根绳索将自己完完整整地送往天堂，但歪脖子树被他庞大的身躯压折了，他连死亡的权利也失去了。

像他这样的失败者在冰冷的历史长河中数不胜数。多少英雄在一念之间结束了自己短暂的人生旅程？但庆幸的是，他在另外一棵歪脖子树下面停了下来，他被这棵树优美的身姿迷住了，他想到了诗，想到了美，想到了自己曾经一度放弃的文学……他在后来的《水中鱼》里这样写道："现在看来，没能获胜却意味着一种精神解脱，我要设法通过写作参与政治，我可以成为语言文字里的总统。"

这个叫略萨的坏家伙，开始鞭策自己，在失意于政治的短短几年时间内，他先后写出了《城市与狗》、《绿房子》、《谁是杀人犯》等经典政治小说。

2010 年 10 月，上帝终于垂青了他，一朵叫诺贝尔文学奖的花落在他的枝头上。瑞典皇家学院对他的评价是：对权力机构进行了细致的描绘，对个人的失败、抵抗和反抗给予了犀利的叙述。

一个一度失败的英雄在文学的花园里找到了自我。他的成功可以告诉我们：千万不要在一棵歪脖子树上吊死，我们可以寻找"另外一棵"。其实，世间长满了歪脖子树，与其在一棵树上吊死，倒不如转化思维找另一棵，兴许在另一棵树上结满了人间的鲜果。

全力以赴演老鼠

　　这是伦敦街头的一角，正是隆冬时节，一个男孩子在寒风中等待着机遇的降临。他从小酷爱舞台，曾经梦想有一天能够饰演一个主角。为此，他不停地观看着露天播放的电影，模仿大腕们的一举一动，甚至能够熟记几部经典影片的关键对白。但苍天弄人，他从小家境贫寒，少年时父母离异，几年后，带他的母亲也与世长辞。这一切似乎阻止了他梦想的延续，但他的心却始终没有死。

　　他曾经很长时间徘徊于伦敦大剧院的街道前，那里面，藏着他渴望多年的理想。他见过一个大导演，曾经毛遂自荐地将自己推销给人家，但人家不予理睬。

　　那天傍晚时分，恰巧有个送盒饭的人正将一大堆的盒饭送到剧院里面。小男孩见状急忙上前帮忙，尾随着送饭的，拐弯抹角地进了舞台里面。那天碰巧有个配音演员嗓子出了问题，导演急得风风火火的，他急需要找一位能为老鼠配音的演员来救场。剧组打电话到邻近的剧院借人，但结果却很不好，他们一脸失望的样子。

小男孩突然计上心头，他当着导演的面学了声老鼠的叫唤。导演的眼前猛地一亮。他如抓住救星一样地拉住了小男孩的手。导演拿出了剧本给他看，并且让小男孩模仿老鼠不同的声音。他试着学了，效果非常好。凭着以前的揣摩和良好的功底，他很快地征服了导演和主角的心。他们很快达成一致，由他参加今晚的演出。

其实，他的角色是最不起眼的一个了，他只需要穿上老鼠模样的服装，装模作样的卧在旁边，迎合主角的表演。但毕竟是平生的第一场演出，他认真得不得了。其他演员都在做出场前的休息，但他却顾不上吃饭，找个没人的角落不停地研究着。许多人在他身边经过，用一种瞧不起的目光打量着他：不就是演个小老鼠吗？需要这么认真吗？

演出开始了，导演为他捏了把汗，生怕他砸了场。上场前，导演猛地踹了他的屁股一下，提醒他要振作一点，一定要演出成功。他摇了摇"鼠尾巴"，以显示自己胸有成竹。

表演开始了，"父亲"和一家人在院子里讲故事，"父亲"开始讲圣诞节的故事："圣诞节的前夜，四周静的出奇，突然间，我听到了一只老鼠的声音。"

鼠叫声响了起来，显然是一只老鼠在悄悄地叙述着一个不为人知的故事。"父亲"继续讲道："果然是老鼠的叫声，它为我们的圣诞夜带来了烦恼，所以，我们决定离开这个是非之地。"但突然间，又一只老鼠的叫声传来，和原来的那只有着质的区别，没有一丝一毫的相似。导演简直不相信这两个声音出自同一人之口。小男孩趴在地上，嘴里不停地学着各种各样的鼠叫，渐渐地，他的声音征服了在场的所有人，几乎所有的目光都转移到他的身上。等到最后，他同时模仿出两只老鼠打架的声音，舞台下掌声如雷。观众们纷纷将鲜花抛给这只可爱的"小老鼠"。

表演结束时，照例，所有的演员会到舞台上谢幕，一群天真可爱的小孩子包围了他，嚷着要他的签名。这个名不见经传的小男孩的故事瞬间传遍了千家万户，他的新闻也登上了第二天报纸的头版。

那晚，虽然他没有一句台词，却用另外一种方式征服了在场的所有人。他抢了整场戏的风头，简直成了整出戏的主角和最大的亮点。后来，他说的一句话让所有人难忘："如果你用演主角的态度去演一只老鼠，老鼠也会成为主角。"

这个年轻人，就是现在英国当红的明星奥兰多·布鲁姆，

他因饰演《魔戒》而在影视界一举成名。

许多时候，命运赐予我们的只是一个小小的角色，与其怨天尤人，倒不如全力以赴。其实，再小的角色也可以成为主角，哪怕你一句台词也没有。

一只可爱的小老鼠也可以成为主角，那么我们何苦自暴自弃？你就是生活的主角。

成人之美要有爱

　　1966 年 11 月，前苏联吉尔吉斯斯坦共和国奥什市某中学，一年一度的校运动会拉开了序幕。大家将目光聚焦在马拉松赛场上，女子比赛正在进行，报名者极少，只有三个女孩子，这样的比赛，裁判员超过了运动员。

　　现场围观了许多学生和群众，三名运动员正蓄势待发。其中一个女孩子名字叫做奥通巴耶娃，她身材中等，体形稍瘦，是三名学生中最有实力的选手，大家对她抱以极高的期待。许多同学热情地支持她，并且在沿途设置了蓄水点，以便她可以及时补充能量。

　　考虑到学生的体力，整个赛程缩短至 8 公里，没有采用国际比赛规定的距离。

　　比赛开始了，三名运动员马上分出了高低，奥通巴耶娃体力好，遥遥领先于其他两个同学。

　　但在离终点还有两公里时，她感觉自己的体力下降的厉害，口干舌燥，双腿如灌了铅般地沉重。她下意识告诉自己，状态欠佳，正在此时，后面的一位同学超越了她。她鼓足勇气跟了上去，但还是与对手差了半臂距离。

奥通巴耶娃感觉口干舌燥，她想喝水，这时一位同学送给她一瓶水，她喝了几口后，本能地准备扔到地上，这也是长跑运动员的一种习惯做法。

但出乎所有人意料，她紧追几步，赶上了前面那位同学，她竟然将那瓶水送给了竞争对手。一切发生在瞬间，周围的同学惊呼着，那名同学接过水瓶，喝了几口后，把瓶子扔到了路旁。

比赛的结果可想而知，那名同学由于及时补充了水分，破天荒地打破了学校马拉松的运动会纪录。

同学纷纷责怪奥通巴耶娃，不该送给对手那瓶水，正是那瓶水救了对手。

她接受校杂志采访时说道："我已经感觉不行了，体力不

支，即使是补充水分也不可能战胜她，我想帮助她打破纪录。要知道，这个纪录已经二十余年没有人打破了。"

帮助对手赢得比赛，奥通巴耶娃的行为在学校内部一石激起千层浪，有人说她傻，有人说她善良、大度。

这个叫奥通巴耶娃的女孩子，毕业后踏上从政征途。她先后担任过吉尔吉斯斯坦外交部长、反对派领导人。视对手为朋友，这是她一贯坚持的人生原则，这也使得她无论在朋友中间还是在对手中间都赢得了良好的口碑。

2010 年 7 月，吉尔吉斯斯坦发生骚乱，奥通巴耶娃临危受命，担任吉尔吉斯斯坦过渡时期总统，她成为吉尔吉斯斯坦名符其实的掌门人。

若你赢不了比赛，至少可以让跑在你前面的人打破纪录。这也许是她成功的要诀。

成全别人是一种高尚的觉悟，也是一种爱，我们应该有一种度量：让跑在我们前面的人打破纪录。

第一辑 豁达的心态

033

将美丽进行到底

1984 年，保罗还是个 16 岁的孩子，他利用暑假的时机，报考了伦敦建筑学院的暑期班。班里集中着各式各样的人才，他们大多像保罗一样，天生喜欢建筑艺术，想设计出独一无二的艺术品。

保罗穿着讲究，发型简单却成熟。在学习班里，他是个积极分子，决不允许自己落后于他人。因此，在课堂上，他总会第一个起身提问或者作答，他是教师眼里的骄子。

两个月的时间很短，按照常规，学子们需要设计一套建筑图案作为暑期结业证明。保罗十分喜爱唯美艺术，在他的眼里，美丽通常是设计师第一个需要选择的要素，因此，他设计的图案大多过于华丽。许多老师说他设计的图案尚好，就是无法实现，一个无法付诸实施的艺术品只能是镜花水月。

可保罗发誓将美丽进行到底。他设计出来一套类似碗状的建筑图案，说如果伦敦举办奥运会，可以选用他的设计风格。

评审组由四位老师组成，他们对保罗作品的美观性大加赞赏，却对设计方案的可实现性褒贬不一。保罗并没有得到结业证书，他面临两个选择，要么是直接离开，得不到结业证书；要么是再利用业余时间补习，重新上交毕业设计图案。

保罗对自己的作品信心满满。他跑到主管老师的家里，详述了自己作品的设计理念，要求老师向评审组进行解释。再说，自己下学期还有课程，如果无法结业，自己这段时间的努力岂不是白白浪费掉了？

主管老师十分耐心地找到了评审组，小组组长卡特老师无奈地摇摇头，说："他的成绩不合格，一套无法实施的方案，我们无法接受。"

保罗一怒之下离开了建筑学院。他利用业余时间修改自己的设计图案，骑着自行车跑遍了整个伦敦城，寻找适合碗形的建筑物原形。两个月后，重新上交的图案只是稍作了轻微的修改——碗形图案的外沿原来是垂直的，现在改为了弧形，这样的设计增加了美观度。当他的设计方案重新摆在评审老师面前时，卡特老师拍案而起："你的图案光是强调美观性，实用性呢？谁会将一个碗的形状使用在建筑物上，你能告诉我吗？全伦敦有没有？全世界有没有？一个无法实现的梦想只是幻想而已。"

失败的打击一度使得保罗自暴自弃，他不得不放弃了寻求结业的资格。他高中毕业后，报考了大不列颠建筑学校，在那儿主修建筑专业。他努力研究世界各地的建筑艺术，但在他的心中，设计出一套特立独行的碗形图案，依然是最美丽的理想。

2008 年北京奥运会，主体育场鸟巢美轮美奂，震撼了全世界。保罗自费到了北京，绕着鸟巢反复观看，回去后，他翻阅了历届奥运会主体育场的设计图案，发现了一个问题：所有的体育场在奥运会后二次利用率不高，出现了严重的浪费现象。鸟巢也难逃此厄运。

保罗重新坐在书案前面，碗形体育场的形象瞬间成形。他想将伦敦奥运会的主体育场设计成碗的形象，然后将上层设计成可以拆卸的构件，如果将来比赛结束后，比赛场馆可以拆掉，挪作他用，既环保，又不浪费成本。

他废寝忘食地进行设计与研修。三个月后，伦敦奥运会主体育场设计图案最终确定：伦敦碗以其独特的设计理念，美观大方的设计外观，象征了伦敦的包容与博大，简直可以与鸟巢相媲美。

将美丽进行到底。

2012 年 5 月，伦敦碗的设计者之一保罗·韦斯特伯里应邀到中国演讲，他详细阐述了自己设计伦敦碗的初衷与理念。在提到少年时，他无不激动地讲述道："从一开始我就坚信，美丽是无罪的，所以下定决心，将美丽进行到底。任何设计理念，都要将美丽当作第一个设计要素。就像人的心灵，美丽的心灵将永远立于不败之地。"

世界不乏美丽，少的只是发现美好事物的心情与眼光。能够将美丽当成事业并坚持到底的人，一定会收获成功的桂冠。

想到最坏，做到最好

1980 年 11 月，丹麦哥本哈根大学，学校准备在岁末年初时举办一场由学生组织的娱乐晚会。为此，学校进行了筛选，最后确定由两名同学任导演，其中一名叫莫尔，另外一名叫莫滕森。

校方公布消息后，两名导演成了学生们的偶像。许多学生找到了他们两个人，要求参加年末的娱乐晚会。两人对人选进行了认真地登记和选择，最后确定了参演名单。

对于晚会的举办地，莫尔和莫滕森出现了分歧。莫尔的意见是在操场上举办野外晚会，虽然天气寒冷，但可以搭上帐篷，这样不仅别具一格，而且可以使大家感受到一种野外狂欢的原汁原味。莫滕森不以为然，他认为这是在哗众取宠，学校的大礼堂是举办历届晚会的必选地，在操场上举办晚会会有风险，因为哥本哈根冬季多风，如果出现大风天气如何处理？

莫尔认为莫滕森是在杞人忧天，他说道："我们是做娱乐工作的，至于天气原因，与我们没有多少关系，我相信观众和演员们是不会有意见的。"

莫滕森接着反驳道:"做事情,要想到最坏,做到最好。天气也是应该考虑的因素。"

两人讨论无果后,只得征求校长的意见。校长最终采纳了莫尔的方案。

晚会果然出乎所有人的意料。参演人员认真表演,观众们兴趣盎然地坐在帐篷里观看晚会,而且旁边燃着迷人的篝火。这果然是一种难得的享受。晚会进行到一半时,突然间狂风大作,雪花飘舞着,莫尔觉得这更增加了晚会的兴致,但正高兴时,大风将一半以上的帐篷卷上了天空。紧接着,一簇篝火被狂风吹到了旁边的草地上,顿时小火卷成了大火,转眼间染红了半边天。

整场晚会以不快而告终。学校由此承担了巨额的消防费用,校长气得鼻子都青了,认为莫尔百密一疏。

这个叫莫滕森的大三男生却由此被人所知,因为在校长的办公室里,他曾经提及过此种隐患,却没有得到校方的重视。这个叫莫滕森的男生,逐渐在学校里崭露头角,并且疯狂地喜欢上了网球运动。在接下来的岁月里,他成了丹麦的国手,并且获得过多个世界冠军。

在每一次比赛前,他总是将结果想到最坏,并且做好多个备选方案。由于准备充分,他一直是一个心态十分稳健的选手。

2010 年,已经"金盆洗手"多年的莫滕森重新出山,成为中国网球一姐李娜的新教练，用他自己的话来讲："我喜欢李娜的谨慎，这与自己的思想不谋而合。"

双方虽然才合作了几场球，却找到了默契点。李娜称赞莫滕森教会了自己如何面对失败，以及如何在场上变被动为主动。李娜也不负众望，在新教练的精心指点下，迅速崛起，成为中国网坛第一人。在 2011 年法国网球公开赛上，她一路过关斩将，赢得了自己首个法网冠军。

凡事想到最坏，做到最好，能够增加成功胜算的砝码。未雨绸缪，做好最坏的打算，这是对自己生命负责的一种方式。

第二辑 智慧的蹊径

世上本无路,走的人多了,就成了路。其实路在最初,可能仅仅是一条蹊径。关键是,是否有人发现了它;或者是,是否有人愿意去开辟它?

古人云:万物皆有时,时来不可失。人生亦是如此。想别人不敢想之事,做别人不肯做之事,往往是成功的法宝。

把意外变成机遇,抓住那零碎的星光,让它成为自己天空上闪烁的灯盏吧。

沙发缝中一美分

1989 年冬季的一天，天阴沉的厉害，天空好像随时都会有雪花降临。一个年轻的学生，蹲在学校宿舍楼的一角，在他的面前，摆着各式各样的贺年卡。学生们显然对他所卖的物品不太感兴趣，或者说他们瞧不起这些廉价的东西。他们喜欢高档的商品，买过来送给自己的女朋友。而这些，对于这个年轻人来说，他是无论如何也不敢以高价格进那些高档商品的。

他叫默克尔，是美国斯坦福大学大二的一名普通学生。他的父母一口气生下五个孩子，因此，他们的经济自然十分拮据。加上他上大学需要一大笔的钱财，家中的经济困难可想而知。他不能像其他年轻人那样享受花前月下的浪漫温情，对于恋爱，他是连做梦也不敢想的，谁会喜欢一个穷酸的书生呢？

为了能挣到下学期的学费，他兼职了好几份校内工作。后来，一个契机，他开始帮一位有病的环卫员打扫宿舍楼的卫生，这样，他就可以每天有一份较为稳定的收入。虽然少些，但足够他每天的伙食费，他还可以省出一部分寄给弟弟妹妹们，他们也渴望走进宽敞明亮的教室里。

第一次打扫卫生，默克尔整理沙发时，发现几乎每个寝室的沙发缝里都会或多或少的藏着一美分或者是两美分的硬币。当默克尔将这些钱还给同学们时，他们纷纷摆手表示不要了，他们说："硬币不易装，同时不好花，现在几乎没有和小额货币相等的商品了。"

那天，默克尔共捡到 50 个一美分、20 个两美分。通过这件事情，他很受启发，接下来，他开始搜集有关小额硬币的资料。通过分析，他想大约有 105 亿美元的小额硬币在市场上流通，其中大部分被人抛在沙发缝里或者不易找到的角落，也就是说，它们很大程度上失去了存在的价值。

一个灵光在他脑子里呈现：如果让这些硬币滚动起来，这将是一笔多么可观的利润啊！

1991 年，默克尔创建了全美国第一家"硬币之星"公司。他研制了自动换币机，顾客可以凭小额硬币，在自动换币机里换取相同价值的大面额纸币，但自动换币机需要收取 9%的手续费。

默克尔的自动换币业务开通后，在全国各地反映强烈，不到一年的工夫，全国各地的超市纷纷与默克尔的公司联营。默克尔的公司在全国八千多家超市建立了 10800 个自动换币机，人们称他为"一美分垒起的大富翁"。

　　藏在沙发缝里那些不起眼的一美分，竟然促成了默克尔的成功，可见机遇存在于世间的各个角落，只是我们缺乏发现商机的灵感。往往是那些不易被人发现的角落，却蕴藏着巨大的商机和利润。

自动换币机

把苦难夹在面包里

1930 年的 3 月，正是春寒料峭的季节，美国田纳西州的一个街道上，一个中年人，正挣扎在饥饿的边缘。

在此之前，他是一位出色的售货员，曾经为田纳西的无数个商店经销过商品。他的营销策略，为他们带来了巨大的商机和利润，但好景不长，一次意外的事故，葬送了他的营销前途。

现在，他孑然一身，一贫如洗。他曾经想去找那些自己帮助过的人，但他们一定会以拒绝的方式回应自己。那些人无法接受他的贫穷。

正当他走投无路时，他发现一家小餐厅的外面挂着招聘广告。他们这里要招聘厨师，但薪金却低得可怜，一年的工资还不如自己以前一个月的多。在饥寒交迫面前，他放弃了理想和自大的念头，推开了那扇原本虚掩的门，开始了一种新的生活。

他的任务是烹制鸡块，这是他以前未做过的行业，但做起来其实也很简单，他只需要按照人家的配料把鸡块扔进锅里煮，然后再把它捞出来，整个过程就这么简单。

和他在一起的有三个人，他们一个个懒的要命，见到生人来，便将全部的工作变本加厉地给了他。他忍气吞声地埋头苦干。

几个流程下来，他竟然掌握了煮鸡的整个过程，但他觉得这种做法是有问题的。他曾经尝过用这种方法制作成的鸡块——没有一点的香味——这也直接导致了这家店生意的惨淡。

他给老板提建议，说应该改善一下配方，应该多加一些香料或者其他佐料。老板没听进去，告诉他："你的职责是制作鸡块，这些不是你考虑的，不要多管闲事。我这里可是祖传秘方，不会有错的。"

他的好意却换来了一顿谩骂，他气愤交加，本想丢下摊子扬长而去，但一种钻研的思想还是使他留了下来。灵光闪现的瞬间，他似乎找到了一条属于自己的奋斗之路。

在工作中，他利用别人休息的时间钻到厨房里钻研，并且在鸡块上试着加上一些其他的香料。无数次的尝试后，他的目的仍然没有达到。

一天，他无意中将一块鸡块掉进了正在加热的油里。他感到万分紧张，因为老板说过油是不能够随便浪费的，一旦发现就要被罚款或者扣掉工资。幸亏没人发现，他赶紧拿出了鸡块，但扔了可惜，他便将它扔进嘴里。一个奇迹出现了，无意中炸出的鸡块吃起来香辣可口。他感觉成功在向自己招手。

经过数次的努力，1932 年的 6 月，在他的家乡，离田纳西州不远的肯塔基州，这位中年人推出了一种新型的快餐食品——炸鸡。很快地，这种食品适应了人们快节奏、高效率的生活方式，开张没有一年，它的声誉便传遍整个肯塔基州。

为了增加营业范围，这位中年人又扩大了经营渠道。他将人人喜欢吃的面包和炸鸡融合在一起，不仅满足了人们喜欢甜食的需求，而且还调试了人们的趣好，可谓是一箭双雕。

现在，肯德基已经遍布全球一百多个国家，目前拥有超过三万家连锁店。在这个地球上，几乎每个月都有一家肯德基店开业。肯德基已经成为一种时尚，影响着我们的生活。

这位中年人，就是肯德基的创始人桑德斯上校。说起自己的成功，他只说了一句话："我相信苦难，因为苦难是一种人人敬而远之的味道，但我喜欢将它夹在面包里慢慢品尝。"

　　将苦难夹在面包里，也许就是桑德斯上校成功的秘诀，但我们面对苦难，总喜欢采取怨天尤人或者裹足不前的方式，所以，我们永远无法品尝到香甜可口的面包。

　　把苦难夹在面包里，然后微笑着面对生活，应该是人生的另一种滋味，这种滋味叫做成功。人生多苦难，勇敢面对，需要豪气、勇气和志气，每个人都应该有这样一种境界：把苦难夹在面包里，品尝生活，享受磨难。

清除垃圾并不难

　　意大利曾是个垃圾大国，在首都罗马的街头，除非有重大外事活动，平日里垃圾与苍蝇共舞的现象俯拾即是，在乡下的小镇上尤其严重。

　　1954年的意大利首都罗马，二战的阴影刚刚散去。人们刚刚从一场噩梦中苏醒过来，拼命地享受着自由和平的现代生活，一系列消费品充斥着罗马的超市和商场，但堆积如山的垃圾，令政府伤透了脑筋却毫无办法。

　　罗马郊区的田陵镇，镇上约有万人居住，家家门口垃圾成堆，开始是自家的垃圾堆在自己的门口，后来便演变成一场战争——互相堆放垃圾成风。有些人甚至采用早起晚睡的办法，将垃圾堆在自己讨厌的家庭的门口，等到第二天这家人出门时，垃圾早已经封锁了门路，于是，对骂起来。一时间，小镇的街道上，充满了不安与急躁。

　　镇政府领导小罗这些天正在征集民众的意见，让有识之士想办法整顿垃圾事宜。因为严重的垃圾问题不仅上升为社会问

第二辑　智慧的蹊径

题，同时还造成了流行疾病的产生。

周末时分，一个十来岁的孩子推开了政府办公室虚掩的大门，他脸上尽是汗水，看来十分焦急的样子。小罗问他找谁？他说自己叫蒙蒂，是来解决垃圾问题的。蒙蒂的思想被淋漓尽致地表达出来后，小罗不可思议地看着面前这个涉世未深的孩子，这能行吗？在毫无办法的情况下，这就是办法，蒙蒂说话时故作高深。

镇政府下了公告：共建和谐邻居，互相帮助，评比优秀的邻里关系，要求帮助要有证据。

公告贴出去以后，几乎无人响应。镇上东边的两家本来关系较好，他们马上被列为了奖励对象，政府兑现承诺后，大家互相行动起来。

在短暂的时间内，形成了这样的局面，东家门口的垃圾早已经被西家的人清理干净，互相清理垃圾成了一种时尚与潮流。大家纷纷争优争先，政府的人每日里只是做检查。街道恢复了宁静与安详，流行疾病的根源被扼杀在萌芽状态里，小罗手舞足蹈。

"清除别人门口的垃圾"成了一种行动口号，迅速蔓延至全国各地，大家都记住了一个年仅 14 岁的孩子：马里奥·蒙蒂。

蒙蒂在 20 岁毕业后进入政府工作，一路顺风顺水，得天独厚的资质使他在政府工作中游刃有余。2011 年 11 月，意大利总理贝卢斯科尼下台，蒙蒂众望所归地被意大利总统提名为新一届的政府总理。政府之间的人员如同邻里关系，蒙蒂最喜欢做的工作就是帮助别人渡过难关，由此，他赢得了良好的口碑和人脉。相信他能够带领意大利人民渡过经济困境。

送人玫瑰，手留余香，清除别人门口垃圾的同时，美丽也留在了自己的天空，我们每个人都应该有这样的气魄。

神奇的雪花酒店

瑞士首都伯尔尼东面有一座大山，大山无名，长久以来无人开发。冬季来临时，积雪成堆，无数登山爱好者便慕名造访，将这儿当成了他们游玩的天堂。

一个叫道瑞夫的滑雪爱好者，无意中迷了路，月亮上来的时候，他依然被困在雪山里无法离开。他随身带着食物和饮水，但没有房屋，夜晚气温达到零下十几度，如果在短时间内找不到避寒的场所，自己肯定会被冻坏的。

无奈之下，道瑞夫开始在雪身上下工夫。他以前做过泥水匠，想利用雪的硬度挖一个"防空洞"出来避寒，但这样极有危险性，因为要防着雪崩的发生。

道瑞夫试着挖了几个，都以失败而告终，不是雪屋崩塌，就是雪零散成堆，根本无法成形。零点过后，寒意袭来，道瑞夫浑身冰冷，几乎冻僵，他不得不到处活动着。

后半夜的寒冷使雪冻了起来，道瑞夫发现这个秘密后，喜出望外。他迅速地挖好了一个雪屋，为了抵挡严寒，他在雪屋里做了一个拐弯，住进去以后感觉好多了。

就这样，道瑞夫熬过了一个夜晚。第二天，搜救的队伍发现了他，将他救了出来。

道瑞夫回到住处以后突发奇想，他想建造世界上第一个雪花酒店。他招来了几个幼时玩过的朋友们，他们听说了道瑞夫的想法后纷纷摇头，说："雪与水泥不一样，它无法凝固，如果到了夏季，岂不是全化成水了？投资大，收益甚微。"

道瑞夫也觉得有点天方夜谭，便搁置了这样的想法。

若干年后的 2008 年，他重新拾起了自己多年前的梦想。在无人帮助的情况下，他建造了世界上第一个用雪做出的酒店。虽然只有三间，却令他欣喜若狂。在冬季，他领着朋友们到自己的雪屋里游玩、居住、喝酒、划拳，怡然自得。

第二年冬季来临时，在瑞士，他建造了能同时满足五十人居住的雪花酒店，并且在报纸上登出了广告。好奇者试住之后，感觉良好，一时间，好名声传至四面八方，游客如织。

如今在欧洲六个国家，道瑞夫都建造了雪花酒店。除了住宿外，在酒店附近，他还开发了其他附属产品，如温泉疗养、露天酒吧等。

在金融危机时期的欧洲，道瑞夫的雪花酒店生意却异常火爆。许多失意的人过来疗伤，而失恋的人则在雪屋梦想自己未来的爱情。

虽然神奇，但冬季过去后，雪花酒店便必须拆除。因此，每年的夏秋季节，是雪花酒店的停业整顿期。在这个时间里，道瑞夫通常什么也不做，只想着今年冬季如何增加新的项目。他的想法通常会付诸实施，并且收到意想不到的好效果。

无人问津的雪花，也可以为我们带来成功的信息，也可以让我们腰缠万贯。我们缺少的正是这种发现新生事物的眼光。

垃圾筒与打击乐

伦敦郊区的一栋居民楼上，住着一位年轻人，他的名字叫做伯恩。他是一位家道中落、事业遇阻的音乐人。他的梦想像蓝天，但现实却如汽车的尾气一样污浊，他不得不借居在别人的屋檐下整日里郁郁寡欢。

居民楼下面并排站着许多个垃圾筒，不知何时起，这里多了十来个淘气的孩子。他们每天无所事事地敲击着垃圾筒的筒身，令这里的居民十分苦恼。有几个年长的人曾经过来制止过他们，但无济于事，这些孩子都是孤儿，缺乏教养，惹急了他们则会更变本加厉起来。

因此，一大早或者是夜已经很深了，街市里依然传出这类不和谐的音符。这一度阻断了伯恩的创作热情，这些噪音使他有些歇斯底里。他好想冲下楼去，用自己的拳头好好教训一下这些不可一世的小子们。

终于有一天，黎明时分，他沉不住气了，冒雨赶到垃圾筒前。正有三两个小子们正在那里乐此不疲地敲打着垃圾筒，他本想冲向前去，但脚下却猛地一滑……孩子们发现了他，故意躲避着他绕着垃圾筒转圈，同时手里的"鼓槌"不停地敲打着筒身。

也许是那天的雨帮了忙，也许是年轻人的眼里藏满了智慧，他突然听到了一种从未听过的悦耳之音——"咚咚咚"。不对，声音没有规律。他若有所思，想着想着，他突然狡黠地从怀里掏出一英镑来，高兴地对领头的孩子说道："过来，你拿了我的钱，就要听我的话。"

"领头羊"不屑一顾地看着他，说道："你以为给了我们钱就会让我们停止活动吗？"

"不是，我给你们钱，是想让你们按照我所说的方法敲击筒身，而不是让你们停止。如果你们听我的话，我还会多加钱给你们。"

这可是天上掉的馅饼，他们何乐而不为呢？

第一天，年轻人与孩子们折腾了好半天，就是为了找感觉。第二天一早，当楼下再次传来熟悉的打击声时，年轻人又拿着一英镑下了楼。

如此重复了多回，终于有一天，伦敦的郊区突然出现了一个打击乐团。首领是个年轻人，乐团的其他成员是一群孤独无依的孩子。他们打击着各种各样的乐器，一种天籁之音在高空中回响。那栋居民楼下，人们再没见那些可恼的孩子们，同时离开的，还有一个叫做伯恩的年轻人。

伯恩从生活中拾起了人们从不在意的"金砖"，组建了世

界上第一个打击乐团。谁也不会想到，打击乐的产生居然是由盛装污物的垃圾筒而来的。

我们每天都在丢掉生活的垃圾、工作的垃圾，只是那些垃圾中有一些贵重的东西却悄然从我们指间溜走。

总理丢失的鞋子

2012 年 1 月 26 日，澳大利亚总理吉拉德在首都堪培拉出席一场政治活动时，意外地遭到了当地土著居民的围攻。在保镖的拼死保护下，吉拉德"牺牲"了一只鞋子才得以安全脱身。

总理丢失的是一只海军蓝的反毛皮坡跟鞋，当地的一名居民幸运地捡到了这只鞋子，大赞名贵无比。除了向媒体展示这只鞋子外，她还准备到网上进行拍卖，起价为 148 澳元。仅仅半天工夫，网络上的价格便飙高到 2000 澳元。根据澳大利亚法律，拍卖物品需要经过本人的同意方可实施，加上政府干涉其中，她的拍卖行为没有实现。

这一意外的政治事件引起了当地一名皮鞋商的注意，他的名字叫卡尔。吉拉德出事那天，他正巧在电视屏幕上观看新闻。吉拉德丢失的皮鞋引起了他的无限兴趣，如果拿吉拉德丢失的鞋子打主意，销售同样颜色、同样款式的鞋子，一定会引起商界的一场"政治地震"。

卡尔便拿起了电话，与某个皮鞋厂取得联系。鞋厂连夜赶制了上千双同样的皮鞋。27 日下午，在堪培拉一家皮鞋店门前，商家打出了这样一道横幅：本店出售总理丢失的鞋子。

　　一双双海军蓝的反毛皮坡跟鞋摆在众人面前，电视画面里不断重复播放着总理丢失的那只鞋子的"倩影"，卡尔煞有介事地邀请众人验看，说："总理喜欢的鞋子，来源于一种高贵的气质，一种脱俗的境界，我已经挑了一双合适的皮鞋，准备送给吉拉德总理，以弥补她脚上失落的缺憾。"

　　由于此事件刚发生一天时间，本来街谈巷议如风如雨，卡尔的推波助澜引起了人们的极大兴趣。这种皮鞋一时间流行起来，许多女士们竞相购买这种类型的皮鞋，以增加自己的高贵

本店出售总理丢失的鞋子。

形象。

两天时间，在堪培拉，几乎所有的女士们都穿了这种鞋子。政府秘书长闻听此讯后，立即前往阻止，但卡尔却拒绝歇业整顿，他的理由是："我卖的鞋子，只是与总理脚上穿的鞋子一样而已。"

经过一天一夜的谈判，卡尔终于撤掉了与总理相关的广告语，但口头的广告宣传已经不胫而走。其他商家闻听此讯后，也争相模仿。

卡尔巧妙地利用了一次意外政治事件，提前获取了自己半年时间才能够完成的营业额和利润。

一次意外，也可能是一次机遇，你是否善于抓住这意外的机遇呢？

躺着就餐的餐厅

　　吉祥寺是远离东京的一个商贸区，这儿商业繁华，地价奇贵，饭店林立，但由于受到金融危机影响，没有几家生意好的。

　　2011年底，一家躺着就餐的餐厅诞生了。饭店的老板叫扎幸子。这家餐厅没有桌子和椅子，只设着有限的几张吊床，吊床的两端连接在柱子上面，柱子上面雕梁画栋地装饰着龙的形象。许多竞争对手认为扎幸子是想钱想疯了，这样的吃饭方式，违背了人吃饭的传统，躺着能吃饭吗？

　　但出人意料的是，这家躺着就餐的餐厅生意却出奇的好，每天排队就餐的人极多，食客需要提前预约才能够找到适合的位置。

　　冬季极冷，顾客步入餐厅一看到温暖的吊床，就产生了兴趣。在吊床上面放一个悬空式的简易小桌子，小桌上面放着茶、点心。当然顾客一边休闲，一边吃饭的方式，极大地引起了日本人的就餐兴趣，既颠覆了传统，又让人产生了安稳感。

扎幸子给当地报纸介绍了自己的一些想法：

"躺着吃饭，可以使人的疲劳感顿失，更好地起到了提高精气神的作用。人们在工作的时候，特别是白领阶层，一直坐着，如果到了吃饭的时候，特别想找个地方躺下来，舒展一下神经与僵硬的身体。这种吊床，可以让人解乏，让顾客得到片刻的安宁与休息。人只有在休息好的状态下，身体的各个肌肉才可以充分放松，饭菜在胃里可以得到充分的溶解与消化。生理学家曾经说过：'人吃进去的饭，有20%得不到充分的消化，这主要源于人的疲乏与劳累。'如果充分休息好，人的消化功能便会大增，让营养得到充分地吸收。我的这个想法便是源于人的一些基本生理规律，从人的健康着手，一定没有错。"

扎幸子原来开着一家饭馆，生意不错，金融危机肆虐全球后，生意受到了很大的影响，门庭冷落，无人问津。一天晚上，一个顾客疲惫地走进了她的饭馆，报了一份晚餐后，便倚着椅子睡着了，鼾声四起。桌上的饭菜凉了热，热了凉，扎幸子不忍心打扰他的好梦，便示意服务员先将饭菜端到厨房里，等顾客醒后再端过来。

顾客醒过来后，连连说对不起，说自己上班太累了，感谢你们提供的优质服务。

扎幸子忽然间大悟，觉得如果让人躺着吃饭，是否会更好些？在吃饭前，让顾客先休息会儿，或者是吃饭后，让顾客来个片刻的小憩。

扎幸子做了全面的考虑后，终于在电视台打出了广告：

"躺着吃饭的餐厅，在吉祥寺，期盼大家的到来。"

广告词并没有经过特殊化的处理，一两个人过来就餐后，感觉良好，于是口耳相传。此后，她餐厅的生意十分火爆，开始时只有四张吊床，随着客人的增多，她又增加了四张吊床。客人们不满意这儿的狭窄，纷纷提议扎幸子扩大门面。

扎幸子却没有这样做，经营关键不是在于方式，而是在于饭菜的质量一定要益于消化。如果盲目扩大地盘，饭菜质量跟不上，就等于砸自己的饭碗。她坚守只有八张床的经营理念，多了等于滥，少了却显得精。每日里排着长队的人络绎不绝，她饭店的口碑香飘千里。

躺着也可以就餐，简直就是一种创举，也是一种对传统吃饭方式的挑战。在现代社会强手如林的竞争中，要想立于不败之地，我们必须从人性化的角度综合考虑各种因素，而不能墨守成规。

把烟灰卖给渔民

　　菲律宾是烟草消费大国，马尼拉烟草生意十分火爆，吸烟人群经常搞得城市上空"灰飞烟灭"。据统计，烟灰已经成为马尼拉城市污染的一个源头，如何处理吸烟剩下的烟灰，已经成为城市迫在眉睫需要解决的难题。

　　马尼拉市有一个叫阿德的吸烟爱好者，他原来在香烟厂上班，失业后便做起了香烟生意，自己也是经常在吞云吐雾间体会人生的艰辛。

　　同时，他也是个爱搜集烟灰的家伙。烟灰有各种各样的功效，比如说除臭、解毒、驱除蚊蝇等。在他的家中，堆积着十几年来自己吸烟剩下的烟灰，他想将这些烟灰推销出去，却每每碰壁。许多人说他想钱想疯了，这些没用的烟灰，早该扔进风里云里了。

　　直到有一日，阿德看到《法兰西日报》上刊登了关于用烟灰促进渔业增长的消息。他大喜过望，下定了决心将烟灰卖给渔民。

这可是一件冒险的事情。想要有说服力，不能只停留在理论上。他承包了一个鱼塘，养了一大批鱼，同时将烟灰不定期地洒进鱼塘里。结果，当年他的鱼儿大获丰收，烟灰成了鱼儿喜欢的饲料，也可以剔除鱼塘里的污染。很快地，他向电视台进行推荐，做了广告，在报纸上刊登了自己成功的信息。与此同时，他向全菲律宾公开收购烟灰，价格非常低廉，很快地，一大批烟灰在自家的仓库里堆积如山，这些烟灰来自于吸烟者，更有些来自于废弃的烟草。

一些有先见之识的渔民响应起来，用低廉的价格购置了用特殊配方配成的烟灰。果然有奇效，不仅省去了许多消毒的工序，而且鱼儿有了可口的饲料。

这样的销售链水到渠成地建立起来了。阿德注册了公司，

由于低碳、环保，且可以缓解污染，政府积极响应，公司一年时间内便拥有了3000万比索的销售收入。

无用的烟灰也可以带来财富，看来商机就像砖头一样，无处不在。

小偷的特殊保险

法国巴黎市郊区有个村庄叫浮尔村，村里大约有一千余人，本来生活和谐，相安无事，可最近偷盗之风盛起，防不胜防。政府出动了大批警察压制，反而使小偷与警察形成了对峙局面，一时间，草木皆兵，商家关门闭户，云里雾里。

附近的镇上有一家保险公司，保险公司里只有一个老板和一个雇员。他们的生意十分惨淡，每日里除了喝茶外，雇员总是与老板协商让自己何时才能够辞职归田，因为雇员实在对这样的生意缺乏信心，他不希望自己的青春就这样浪费。

老板马德尔十分郁闷，他每日里到街上游说老百姓，希望他们能够接纳自己设立的保险公司，或者有时候去政府机关，希望政府投资给他，因为自己的资金链早已经到了断裂的边缘。

忽然有一天，保险公司贴出了一则公告：给小偷办保险。大致内容是：小偷这个行业充满了风险，如果办一份保险，则可以帮助小偷们渡过难关，且安全有了保障。

这样吸引眼球的消息一经登出，便妇孺皆知。当然小偷们耳聪目明，有些好事的小偷便想挑衅一下这个大胆的老板。他们在一个周日的上午正大光明地进了这家保险公司。

"你们需要接受我们的培训，要坚持21天时间，这是我们的要求。在此期间，你们不得从事任何与本职业有关的活动。当然，所有的消费归我们公司负责。"

小偷们哈哈大笑起来，他们当然不会被这样的大话吓倒。他们签了字，且答应服服帖帖地接受保险公司的培训。

21天培训开始了，培训课程是保密进行的，没有人知道他们在培训什么，只知道这期间，小偷们的活动有所收敛，村里治安情况有所缓解。

培训结束后，大家看到的那些小偷们早已经改头换面。21天的坚持，使他们从骨子里接受了一种正式的教育，他们转而

小偷还能上保险。

成了保险公司的保险宣传人，并且取得了一定的报酬。

大家不相信有这样的奇迹产生，但不到两年时间，村里的小偷们消失殆尽。

这个叫马德尔的家伙从政府手里取得了一笔可观的投资，因为他答应政府的目标已经实现了。在两年时间里，通过他的教育与培训，小偷们不再是社会的败类，而是社会的可用之人。

当地报社在采访他时，他解释道："21 天是心理学家告诉我的。这是人们改变习惯的一个周期，在 21 天时间里，我邀请了心理学家、培训专家对小偷们进行心理教育，迫使他们觉得偷盗是可憎的，而通过正常经营才是人间正道。不仅如此，我还邀请了他们的家人前来，没有家人的便邀请他们的朋友游说他们，让他们感到这世间仍然有温暖存在。"

给小偷办保险，只不过是一个幌子，马德尔利用这个温暖的借口使自己的保险公司转危为安，并且取得了当地人的信赖：连小偷都可以教训过来的公司，他们的信任度一定是最佳的。

马德尔如今不仅办保险公司，还开了一家培训机构，专门接纳社会上各式各样的渣滓，许多家长们将自己厌恶的孩子送过来接受培训。因为家长们也知道连小偷都可以教训过来的公司，他们的信任度一定是最佳的。

大公司厨师的秘诀

上个世纪中叶的美国，如现在中国的处境一样，普遍面临招人难、留人难的难题。因此，一段时间以来，企业普遍采用涨工资、加福利的办法来予以解决，却依然是效果甚微。

芝加哥有一家企业，面临了同样的问题，大量工人离职，公司人才接济不上，大批的订单无法正常交付，企业总裁一筹莫展。

恰在此时，企业招聘了一名厨师。这名厨师叫艾尔斯，他应聘时展示了自己在做饭方面的优秀才能，并且说可以通过饭菜提高工人的工作激情。

被企业留用后，艾尔斯不是在厨房里挥勺烹饪，而是亲自到车间里了解工人的生活情况、工作状况和学习情况。在大家看来，这些事情与饭菜质量"风马牛不相及"。

艾尔斯制作出了统计表，表格上面写着密密麻麻的名字。在短短一周时间内，他统计出了 300 名员工的吃饭爱好，哪位男生爱吃辣的，哪位女生爱吃零食等。

艾尔斯接着进入了实战流程。他每天一早便派专员到车间里统计吃午饭的人数，并且在备注上面写清了大家想吃到的食品。

在大家的猜疑声中，第一顿午饭来临了。饭菜花样多不说，还多了小零食。那些平日里不吃午饭的小女生们尖叫起来，她们纷纷享用着这企业里的豪门盛宴。

接下来，人们难免会发问，饭菜成本如何？公司是否支撑得了？是否一直会这样坚持下去？是不是只是新官上任的新鲜而已？

艾尔斯坚持着每天的饭菜翻新，尽量制作出适合所有员工口味的饭菜来。俗话说得好"众口难调"，但在艾尔斯看来，好的一顿饭菜，不仅使工人产生了对企业的留恋感，增加了对企业的认知度，更可以使员工增加干劲，更好地为公司增加收入。至于成本方面，并不会增加。因为所有的零食都是艾尔斯自己加工的。

半年时间后，许多原本要跳槽的员工却选择留了下来。此后，来这家公司应聘的人摩肩接踵，原来无人问津的人事部现在却是门庭若市。

当地的报纸采访艾尔斯时，艾尔斯十分激动地回答："每个人都是一名厨师，每个人也需要一名厨师，许多时候，就是要变不可能的事情为现实。如果现在企业不打人性牌，就不会取得成功。一个企业最怕的是平庸，一个人也是这样。"这个叫艾尔斯的厨师长非同一般的表现赢得了良好的口碑。

后来，新建伊始的 GOOGLE（谷歌公司）面临着同样的困境，她的创始人谢尔盖先生慧眼识英雄，将艾尔斯邀请到 GOOGLE 公司，成为公司的"御用"厨师长。艾尔斯先生将做饭当成一份事业来认真对待，使 GOOGLE 留住了许多人才。

因此，许多人这样认为：一个厨师长，改变了 GOOGLE 的命运。

第三辑　从跬步到千里

不积跬步，无以至千里；不积小流，无以成江海。

成功从来不是一条风和日丽的坦途，也许，我们再坚持一步，就能离成功近一点。

但是关键时期，我们能坚持住吗？

一辈子成功一次

1940 年的圣诞节，英国伦敦，德国纳粹的进攻正酣。英国国王乔治六世为了鼓舞士气，在广播电台发表演讲，号召军民同心协力，共御外敌。乔治六世有些口吃，虽然几经矫正，但口音依然有些迟缓。他从来没有发表过讲话，但这一次讲话却似一针强心剂，强烈地刺激了英国国民的心，他们决心行动起来，共同将德国纳粹分子打败。

一个年仅 6 岁的孩子，在战火纷飞中倾听着乔治六世的讲话，他听得如痴如醉，以至于忘记了时间与空间。他也有着严重的口吃，听说过乔治六世国王为了矫正口吃而努力奋斗的故事。他将国王当成了崇拜的英雄。

二战后，这个叫赛德勒的孩子，十分喜爱电影剧本创作，他一心想将乔治六世克服口吃的故事写成电影剧本。由于有着相似的经历，他写出来的剧本犹如行云流水，尤其是对口吃障碍的描写入木三分。当时一位年长的电影编剧看过初稿后，认为这绝对可以成为一个划时代的作品。

但祸端却不请自来。一场大火将整个剧本烧成了一片灰烬，年轻的赛德勒泣不成声。他有了想轻生的念头，当时，他已经接到了一位导演的邀请，却最终因为剧本的丧失而流产。

他不得不凭借记忆重新编写剧本。这样花费了至少十年左右的时间，但剧本完成一半时，他却接到了一纸通知：乔治六世的遗孀拒绝他写关于乔治六世的故事，并且要求将剧本交给她。

这无异于晴天霹雳，已经花费大半辈子整理的剧本不得不面临重新毁灭的危险。他不停地找她交涉，但得到的答案却只有一个：不能写，除非我去世。

这一等，过去了 28 年。时间来到了 2011 年春天，一部叫《国王的演讲》的电影横空出世。这部修改了近 50 次的电影剧本震撼了整个影坛，它一举获得了 2011 年第 83 届奥斯卡最佳导演奖、最佳男主角奖。大卫·赛德勒凭借精巧的电影剧本获得了最佳编剧奖。

电影公映时，赛德勒老泪纵横，他说："我有些不知所措，这是我有史以来第一次明白，我能发出声音，我的声音能够被人听到，对一个口吃患者来说，这一刻意味深长。"

赛德勒的成功与彼岸花有着惊人的相似。彼岸花一辈子只开一次花，但开花时，倾国倾城，花色染红了整个安第斯山脉。赛德勒一辈子只成功一次，但他的成功，将他的人生推向了辉煌的顶峰。

这个老人的一生也如一部戏，他是唯一的男主角，《国王的演讲》是他的唯一传奇。一生一世一件事，听起来虽然残酷，但真正做好却是何等的艰难?!

做下好事，留下姓名

1950 年 3 月，瑞士威斯帕小镇中学，一场募捐活动声势浩大地进行。捐款的对象是小镇上的苦难学生，学校号召全中学的有爱心人士伸出伟大的援助之手，帮助他们有学上、有饭吃。

有一个捐款箱，放在操场的前方，许多老师和学生走过时，将自己的捐款投进捐款箱里。本来有一位老师在登记捐款者的姓名，可是由于人太多，加上许多人不愿意留下姓名，所以有许多捐款者并未被登记在册。这也为接下来的名单公布带来了困难。

按照瑞士法规，所有捐助者的姓名都要进行公示，除非本人事先声明。这件事情难为了学校的登记老师，虽然她努力回忆，但还是有一半的捐款者未能标清楚具体金额。

到了规定的公布日期，登记老师仍然未能将名单公示详尽。她去请示校长，校长哈哈大笑起来："无所谓的，许多人低调得很，有多少公示多少吧！我想大家不会为此事纠缠不休的，有爱心的人从来不计较这些小事。"

名单公示出来的第二天上午，学校教务处便挤满了学生，为首的一个学生叫布拉特，他带领全班未被登记在册的同学前来请求给予公示准确的捐款金额。

登记老师不知所措，虽然她几经解释，包括说出了校长的心声，但布拉特仍然不依不饶。他的意见是："公示出我们的名字和捐款金额，这是我们荣誉的体现，希望校方能够重视每个人的尊严。"

面对这个只有 16 岁的中学生，校长也出面解释了半天，所有的学生们都退去了，唯有这个难缠的布拉特依然纠缠不休。他要求将事情查清楚，并给予澄清。

校长答应了布拉特的要求，因为校长不想因这件事情影响自己的光辉前程。

清查这件事情花费了将近半个月时间。在布拉特的协助下，登记老师重新问询了所有的捐款老师和同学，中间过程十分复杂。最后，这份新的捐款名单被重新张贴在光荣榜上。

大家看过后，发现布拉特的捐款金额是最多的，高达 300瑞士法郎。一时间，舆论哗然，大家纷纷传扬："布拉特是想张扬自己，是想留下好名声。"

在一周之后的学校演讲会上，这名 16 岁的中学生演讲的题目叫做《做下好事，留下姓名》。在演讲中，他这样讲道："做下好事，留下姓名，不是为了显示自己的伟大，而是为了让对方记住帮助是相互的。爱是一双手到一双手的温暖传递，更是为了给别人一个比较和平衡的机会，让好人好事之风迅速传遍整个校园和社会。"

这个叫布拉特的家伙声名鹊起，迅速成了学校的偶像，并且当选了学生会的主席。

他的仕途之路由此打开。2007年，他当选为国际足联主席。2011年，他成功连任。这一切，源于他有良好的能力和口碑。国际足联的官员们十分喜欢他的做事风格：随和不失原则，鼓励却没有放任。

有时候，做下好事，留下姓名，不仅鼓励了别人，更成全了自己。

爱是一双手到一双手的温暖传递。

没有观众的舞蹈

一个年仅 11 岁的小姑娘，站在偌大的比赛场上面，下面没有一名观众，台上没有一个教练。她却执著地向着台下鞠躬，向着空无一人的裁判席致意，然后煞有介事地开始自己的比赛。从平衡木到跳马，再到自由体操，最后直至高低杠，当她意外地从高低杠器械上掉下来时，她的双眼早已经装满了泪水。没有人安慰她，她一个人坐在场边的台阶上，哭声惊动了弯月。

这样的一幕发生在美国密歇根州体操馆内。这个小姑娘叫韦伯，自幼喜欢体操，曾经参加过数次国内大赛，却无声无息地被失败的洪流淹没在奋斗的路程上。

为了达到进入国家队的目标，在父母的帮助下，她租赁了密歇根州的一家体操馆。启蒙教练给她的指导原则只有一条：学会一个人舞蹈。

从此以后，体操馆内，只有她一个人，教练远远地通过视频镜头观看她的每一个动作，并且会通过传话筒说给她听，进行动作的纠正。每当夜幕降临的时候，韦伯总会一个人坐在台阶上面，看着庞大的体育馆发呆。一个人的努力，让她学会了坚强，让她学会了心无旁骛，让她学会了自信。

12岁那年，她参加了全美体操锦标赛。由于成绩突出，她顺利地进入了国家队，实现了自己的初级目标。她并没有因此而停止奋斗，她的目标是站在世界锦标赛的领奖台上。

每逢大家休息的时候，她常常一个人来到训练场上，仔细揣摩每一个动作要领，观看视频，进行改正。

14岁那年，她已经成了全美体操界的精英，她喜爱难度高的动作，但就是稳定性有所欠缺。在世界大赛上，她好几次都与金牌失之交臂，她为此愤怒不已，曾经产生过离开体操队的念头。

2011年，她正好16岁，有幸参加了在日本东京举办的体操锦标赛，并且在女子个人全能方面，进入了决赛阶段的比赛。

这是一场近乎残酷的竞争，在最后一个项目自由体操未结束之前，她依然落后俄罗斯选手科莫娃。自由体操比赛开始了，这是她的强项，也是她一个人的舞蹈。在如梦的乐曲声中，一个小姑娘翩翩起舞，最终，她超过了科莫娃，成为了这一届体操世锦赛女子个人全能冠军。

许多时候，我们都是一个人在人生的舞台上跳舞，有时候残酷地竟然没一个观众，没有乐曲为我们伴奏。我们缺少的并不是能力，而是缺少挑战自己的勇气、自信与坚强。每个人都是自己的个人全能冠军，我们需要忍受孤独、煎熬与时间的磨砺。

和上帝比赛平凡

　　荷兰阿姆斯特丹郊区的一个小镇上，一个年轻人整日为找不到工作而苦恼。他学历低，个头矮，长相又不出众，屡次应聘都被人当成农民拒之门外，最后，为了生计，他迫于无奈，只好找了一份给镇政府看门的工作。这种工作，不仅收入低微，而且被人瞧不起。

　　他夜晚时就住在门岗里。无事可做，于是，他便找了块镜片有事没事时在手里把玩着。此后，他便打磨镜片，时间久了，这份额外的工作成了他业余的爱好。望着被自己打磨的光滑可爱的镜片，他的脸上荡漾着少有的笑容。

　　他在这个岗位上一干就是60年，期间，里面的领导换了无数人，但他却坚持了下来，个中的艰辛、枯燥和乏味可想而知。他试着走过无数次，但由于种种原因没有成功，最后，他成了镇政府里唯一的元老级人物。

　　由于他的专志和精心，他磨出的复合镜片的放大倍数超过了当地的技师。他无意中研磨出的高清晰度镜片，将人们的视野带进了当时尚未被科学界揭晓的微生物世界。为此，他声名大振，被破格授予巴黎科学院院士的头衔。不仅如此，英国女王造访荷兰时，还专程到小镇拜访过他。

这位在平凡的世界中做出惊人之举的小人物，就是科学史上颇有名气的荷兰科学家列文虎克，他活了90岁。

列文虎克在他的回忆录中有过一段关于平凡的精彩论述："有一段时间，我实在做不下去了，但上帝却与我在梦里相见了。他说：'我整日里在天堂里无所事事的，平凡的要命。'我问：'上帝也会平凡吗?'上帝笑答：'是的，平凡无处不在。'上帝最后告诉我：'我想和你比赛平凡，看谁能将平凡进行到底?'我愉快地答应了。"

第三辑 从跬步到千里

083

几乎所有的人都有一个误区，伟大的事物必然产生于伟大的过程。其实，这是个有偏见的看法，几乎所有的伟大都是在平凡的生活中被那些平凡生活着的小人物经过无数次的千锤百炼、锲而不舍唤醒的。他们对于平凡都有一个共同的特点，就是能够有始有终。

事实证明，能够将平凡进行到底的人，总能够让平凡闪烁出耀眼的火花，这本身就成了一种伟大。

一只鸡蛋的契机

1472 年，在意大利佛罗伦萨市一座破旧的贫民窟里，一个年轻人，浑身都是雨水，蜷缩在一个角落里。外面是滂沱的大雨，而这所房子，正在风雨中飘摇。

他曾经有过幸福的童年，他的父亲是一位有名的公证人，而母亲是一位农家少女。他受过良好的教育，周围的环境对他来说是健康的，他也有着明朗、活泼和向上的性格，他一直憧憬自己将来能够出人头地，能够超越身边所有的年轻人。他把所有的梦想凝聚到一只画笔上，希望通过自己的努力能够飞黄腾达。

但这一切随着一件事情的发生而杳无踪影。

那是他十岁时，他的父亲，喜欢上了一位富家的小姐。那位小姐非常高贵，而且他的父亲说她温柔典雅，是世上少有的女人。父亲把自己的所有给了她，包括富有的财产，结果年轻人和他的母亲流落在街头乞讨。从此，他一无所有，有的只是母亲言之谆谆的教导和一个永远不死的梦。三年后的一天，母亲在他的继父家里有了病，当时，风雨交加，雷霆万钧，母亲永远离开了他。现在，他只有贫穷的现实和远大的志向。

他曾经画过许多的画，也曾经坐在街头出售过，但所有人都不承认他的劳动成果。甚至在某一天，一个富人路过他的画摊，说："你的画是在给整个城市丢脸，有辱于市容。"富人把所有的画统统烧掉，并且砸了画摊。从那时起，他万念俱灰，甚至想到了死，但为了那个依然鲜活的方向和理想，他鼓励自己必须活下去。

他曾想过去找生父，但犹豫过后他却否定了这个想法，他不希望父亲嘲笑自己，更不愿生活在一个不属于自己的家庭里，尤其是没有母亲的家。现在，他只有沦落到贫民窟，和穷人们一起抢食物，抢地铺，然后把自己扮成一个叫花子。

雨停时，他闻见一阵清香。对面是一家富人开的饭店，正是晚上吃饭的时间，厨房正对着他的方向，他多想凑上前去，和那帮小乞丐一样，抢一个肚儿饱。但是他没有，他有着常人难以容忍的耐性和品格。

在忽然间，他发现，在厨房的玻璃窗前放着一只鸡蛋，它是如此的生动，却又如此的诱人。他仿佛看见一条条符号正在自己的眼前晃动，那就是一种灵感，一种从内心深处闪现的原动力。他忘掉了饥饿，忘掉了寒冷，接近了那只鸡蛋。他手里正拿着他的画笔，他要临摹它，占有它的精神。他要用一颗滚烫的心描摹这个寒冷的世界。

这在接下来的几天里，那成了他唯一的目标。他忘我地辛劳着，把那只鸡蛋当成了一个艺术品，以至于所有的小乞丐都围着他，所有的行人都在嘲笑他的傻、痴，但他完全如入无人之境。终于，他的笑容挂满脸颊，他仿佛已经体会出其中的内涵。

这个人就是达·芬奇，正如他的志向一样，一颗从没停止奋斗的心铸就了他昂然向上的品格和坚强的自信。他不仅成为了一位杰出的画家，而且还成为了一名非常著名的科学家，他的艺术作品永远载在世界艺术画廊里，他的名字永远闪现在世界艺术史的天空。

上帝只给他一只鸡蛋，成就了他一个渺茫的契机，正是这种契机，成了一位画家的希望。他牢牢抓住信念的翅膀，不停地追求，不停地奋斗，终于迎来了成功的阳光。

而有多少机遇在我们面前流失？伸出手，我们却什么也没有抓住，在眨眼间，它已经如流星一样，消失在我们的视线里。

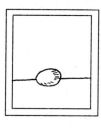

老树也可开新花

2004年深秋，丹麦首都哥本哈根国家体育馆，一个前世界著名羽毛球运动员正在起草自己的退役计划。在过去的岁月里，他取得过一系列的辉煌，获得过无数个世界冠军，但现在他已经年近30岁了，浑身伤病困扰着他，使他丧失了继续战斗下去的勇气和信心。

根据羽毛球赛场上的惯例，超过30岁的老运动员无一不选择退役。这主要是体力的下降和步伐的缓慢，特别是在中国，这个羽毛球大国，更是如此。

当他将自己的退役申请送到主教练波尔手中时。波尔一脸凝重，他没有开口劝慰他，更没有直接说出国家羽毛球运动员短缺的现状，他只是将退役申请放在自己的办公桌上。

晚上的哥本哈根，已经是万家灯火，羽毛球管理中心却是灯火通明，一个老运动员，正在费力练习着打球、拍球和绕球，他似乎想将满腔的怒火发泄出来。

波尔走到他的身边，示意他停下来，到外面走走。

两人一直不说话，昔日的一对战友兄弟如今要面临诀别。波尔想劝他留下来，或者是选择当教练，因为丹麦队需要他这样的人才，但他却找不到适合的词汇。

两人不约而同来到一株枯死的老树面前。这是一株梧桐树，已经垂垂暮年，与其他年轻力壮的梧桐树相比，它更显得风烛残年，没有几片树叶陪伴，没有一朵花来持续自己的青春。他看到痛处，觉得自己像极了这株老梧桐。

两人在树下坐了下来，波尔不停地用手去抚慰梧桐树裸露出的树根。

"你不要劝我了，你看这棵老树，它如何能够开出新花?"

"不，老树也可以开出新花的，我希望你一直战斗下去，为国家，为集体，为了羽毛球的将来。"

"我现在浑身是病，毫无信心，我如何去战斗?"他反驳着。

"如果老树也可以开出新花来，我希望你能够留下来，与老树并肩战斗，当然，也包括我，我是你的好朋友，昔日的战友，如今仍然是。"

他选择了沉默，两人击了掌。夜色残残，灯火如血。

他以后在训练的间隙，时常过来看这株老梧桐，但它依然缄默无语，始终没有将自己最美丽的一刻呈现出来。他觉得这可能就是自己的命运。

夜晚时分，在不经意的时刻，有一个熟悉的身影，手里提着水壶，为这株梧桐树浇水施肥，不过最后他会收拾好残迹。

又一个春天来临了，老梧桐树发狂似的疯长着，先是迷人的花儿开满了枝头，一点儿也不逊色于年轻的那些树，接着，蒲扇般的叶子从生命的最深处迸发出来，占据着整个枝头。

当年夏天，一个叫盖德的老运动员重新加入了训练的行列，并且在 2005 年的中国羽毛球公开赛上获得了冠军。

既然选择了奋斗，他就没有想停下来，他就这样又坚持了六年时间。他驰骋沙场二十余年，创造了羽毛球运动员的最高战斗年龄，就连中国运动员林丹在 2011 年青岛获得苏迪曼杯后也说：自己要向盖德学习。

许多人在对自己说：我已经很老了，该停下来好好休息了，我已经失去了创业的激情。可激情是人创造出来的，浅尝辄止只能使自己逐渐丧失才能和勇气。

既然老树也可以开出新花，我们为何不能够抖擞精神，重新迸发出生命的激情与活力，让快要枯萎的生命之花怒放在胜利之巅？

　　既然老树也可以开出新花，我们为何不能够丢掉自暴自弃，忘却短暂的得与失，重整旗鼓？

　　在任何时刻，都要学会不放弃，哪怕我们伤痕累累。

给总统夫人写信

　　1943 年的一天，美国芝加哥市区，一个黑人正在积极奔走筹办一本属于黑人的杂志——《黑人文摘》。这本是个"冒天下之大不韪"的想法，许多人连想都不敢想，要知道，黑人在白人中的地位一直有着质的差别，更别说去办一本公开为黑人吆喝权力的杂志了！

　　他的筹办道路遇到了种种困难，眼看着杂志社要开张了，但响应的读者却少得可怜。人们不相信一个不起眼的黑人办的杂志会有多高的影响力。他想了好些办法，但仍然无济于事，后来，一个大胆的想法在他的心中形成——他想给总统罗斯福的夫人去一封信，并且邀请她为杂志写一篇文章。如果能够得到总统夫人的首肯，杂志的销量和名誉肯定不成问题。

　　他是这样想的，也是这样做的。他写下了洋洋洒洒的一封长信，信中表述了自己作为一个黑人的观点和看法。他恳请总统夫人能够站在一个黑人的位置上替黑人说话。半个月后，总统夫人居然在百忙中回信了，她说她忙得很，根本无暇去关注这种事情。

他却毫不气馁，以后每隔半个月，他总会诚恳地向总统夫人发去一封信，并且字数一封比一封多，所表达的感情也更加迫切。

半年后的一天，总统夫人因事到芝加哥。他听说后，喜出望外地向罗斯福夫人去了封电报，真挚地邀请总统夫人能够在百忙之中为自己的杂志写篇文章。这一次，罗斯福夫人没有再拒绝。

由于有了总统夫人的鼎力相助，他的杂志销量由原来的2万份增订到15万份。这个敢给总统夫人写信的黑人叫约翰逊，他以永不停歇的坚持和耐力为自己抒写了一份关于成功的人生

传奇。后来，他又经营了几家杂志社、出版社和化妆品店，他成了美国历史上少有的黑人名人之一。

他的成功有两个关键，其一是敢于"异想天开"的冒险精神，给总统夫人写信，本身就是一个天方夜谭，但他做到了；其二是再试一次、毫不气馁、不达成功永不罢休的跋涉意志。

成功从来不是一条风和日丽的坦途，也许，我们再坚持一步，就能离成功近一点。

上帝帮你找伤口

　　乌戈 7 岁那年冬天，在一次意外事故中，昏迷不醒，唯一的亲人外公在野地里发现了他。他人事不知，醒来后感觉胸部疼痛难忍。在好几个资深医生反复检查后，依然找不到问题所在，他们说可能是有一种坚硬的物体撞击了乌戈的胸部，致使他的神经产生了一种紧迫感。

　　在那个年代，还没有像现在先进的仪器可以检查，因此外公和乌戈相信了医生的话。他在医院住了一段时间后，病情有所缓解，便出院回家治疗。

　　之后的几年里，每逢阴雨天气，乌戈总会被胸部的疼痛折磨地死去活来。外公总是站在旁边，不停地为他做着祈祷和念着赞美诗，但乌戈还是坚持不了。他想一死了之。在外公的安排下，乌戈重新住进了市里的一家高档医院，那里的医生说可以帮助他找到问题的所在。

　　经过仔细地检查，医生发现乌戈的胸部有一根钢针扎在肉里，可能是他当时跌倒时无意中碰到的钢针。正是这根钢针，在无声地折磨着乌戈。医生说要通过手术取出钢针，这令外公和乌戈喜出望外。

手术很成功，钢针取出来了，但锈迹斑斑的钢针还是破坏了乌戈的胸部细胞，他仍然感到时时有疼痛发生。

乌戈开始不相信有主的存在，不相信医生是救人的上帝，他大骂他们昏庸无知，为自己找到了病根却不能解除自己的痛苦。外公在一个迷人的黄昏，向乌戈讲述了自己的故事。

外公年轻时参加了委内瑞拉内战，并且有一颗子弹深深地嵌在腿肚里。外公说着，将自己的裤管挪开，乌戈第一次看到外公的腿，崎岖不平的腿，弯曲的腿，佝偻的腿，令人心痛不已的腿！外公告诉他，这颗子弹一直长在肉里。

"十年前，有一位部队医生说可以将子弹从我的腿里取出，但经过检查后他们认为：子弹镶嵌太深，如果取出的话，你的这条右腿将成为残疾。我不愿意有那样的结局，你知道，我走路虽然有些毛病，但好歹不用别人搀着，我可以自己走。我不愿意使自己成为别人的累赘，所以，我选择了放弃治疗。现在，我的肉里依然有一块沉甸甸地子弹残存着，它折磨着我，让我伤痕累累，你说我能怨恨医生吗？孩子，天使只是帮你找到了伤口所在，真正能够治疗自己伤口的是你自己，你需要自信、坚持、执著，用一颗恒心战胜它。就好像在战场上，它是你的敌人，你要用一条钢枪死死顶住死神的胸膛，你是一条真正的男子汉。"

这是乌戈所听到的最为震惊的一则故事。外公的故事深深地震撼了他幼小的心灵，他在努力想着，既然上帝已经帮我找到了伤口，那我就不能辜负上帝的期望，我要用坚定的毅力舔舐它，用取之不尽的信念温暖它，使它成为我的战俘。

乌戈·查韦斯长大后成了委内瑞拉的总统。上帝并没有可怜他的伤痛，55 岁那年，他不幸罹患癌症，残酷的折磨重新开始。他乐观向上地与癌症做着斗争，同时不忘幽默地与国民亲切交流。"他坚持病中工作，时刻想着该做的事情与职责，他是一个伟大的、乐观的、热情的总统。"这是选民对他的最高评价。

查韦斯在回答记者提问时，曾经这样讲过："亲爱的朋友们，在这世间，上帝帮你找到的只是你的伤口，而想要治愈它们，天地间，唯你自己。"

做一株墙外红梅

2004 年 12 月，白俄罗斯首都明斯克国家网球训练中心，年仅 15 岁的小姑娘阿扎伦卡准备选择退役，这也许是史上退役的最年轻运动员了。

她在训练过程中受了严重的伤，腿部做了两次大型的手术，残酷的魔鬼式训练使她痛不欲生，小时候的梦想遥不可及。身心俱疲的她告诉了教练："我不想再坚持了，想回家上学，孝敬父母以度天伦。"

教练卡卡里一脸郁闷，阿扎伦卡有着良好的网球天赋，她击球有力，是个天生的网球好手。卡卡里慧眼识英才，在阿扎伦卡 8 岁时便将她抱进了网球训练室进行启蒙训练，一路走来，二人感情甚笃，犹如父女。他想劝慰她不要前功尽弃，可再多的语言也无法挽留一颗受伤的心。卡卡里夜晚时分仍然没有离开网球训练中心，他等待着阿扎伦卡上完最后一节训练课。

接下来的几天时间，卡卡里约阿扎伦卡去野外游玩。这对于一个 15 岁的孩子来说，是一次欣喜的旅程。他们路过一座庄园时，看到了一枝红梅伸出墙外，阿扎伦卡调皮地揪着梅花，然后洒向空中。

卡卡里问小姑娘："红梅漂亮吗？"

"当然漂亮，她们伸出墙头的姿势更加漂亮。"

"可是，如果她们开在墙内，恐怕就不漂亮啦。"

阿扎伦卡有些疑惑地看着教练："在墙内照样漂亮。"

"如果开在墙内，是没有人能够发现她的漂亮的。就像一个人，如果只是埋头苦干，而没有将自己的才华绽放出来，人们是不会发现他的。"

卡卡里语重心长地讲着故事："从前有一粒红梅的种子不幸地被砖块压在了身子下面，眼看着秋风瑟瑟，冬雪将临，她还未能成功地崭露头角。所幸的是，沿着砖的缝隙，她艰难地伸出了身姿。可是，她却发现，自己的身体竟然在墙的外边！在外面最容易受伤，因为过路的人会折磨她，寒风会侵蚀她，可她别无选择，生命的机会只有一次，她拼命地生长。终于有一天，在漫天雪花中，她大放异彩。在这期间，她遭受着冬雪皑皑，冷风飕飕，忍受着陌生人的无端纠缠，甚至有人对她的出墙而横加指责。她选择了坚强，终于，所有路过的人驻足观赏她的芬芳美丽，她成了一个骄傲的公主。"

卡卡里说到痛处，潸然泪下。阿扎伦卡与教练紧紧相拥在一起，她发誓要做一株千娇百艳的墙外红梅。

阿扎伦卡的网球生涯并非顺风顺水，她先后夺得过无数国内冠军，却从未摘得过网球赛的大级别桂冠。在以后的打球事业中，她无数次涌出退役的想法，但一想到关于那株墙外红梅的故事，便令她充满热血。

2012 年初，澳大利亚网球公开赛，这株风中红梅一路披荆斩棘，杀入了决赛。她的对手是两次大满贯冠军莎拉波娃，阿扎伦卡再现了李娜在去年法网比赛的神奇，创造了新手闯入决赛便夺取冠军的新纪录。她如愿以偿地捧获了澳网的大满贯冠军。

红梅缔造着属于冬天的传奇与神话，而墙外红梅却激励着人的斗志，锤炼着一种坚硬的风骨，塑造着属于自己的灿烂辉煌。

比山更高的是脚步

2000 年 12 月的一天，日本东京国立中学的一间教室内，正在进行年度作文测试，一个矮瘦的男生此时正紧张地在抽屉里偷看一本作文书。他身体多病，最讨厌的课程便是作文，最喜爱的事情是户外运动，攀登珠峰是他最大的梦想。

作文老师神不知鬼不觉地出现在他的面前，使他的思绪暂时停歇。当老师的手触及那本作文书时，他感觉到有一种一脚蹬空的失落感。在失去依赖的情况下，他不得不借助于自己的想象完成今天的考试。

他凭空设想了自己的将来："自己可以在云朵上翩翩起舞，原来云朵上也是一片平坦。在地面上能做的事情，在云朵上也可以完成，你可以唱歌，可以种一片庄稼，更可以与小伙伴们一块儿玩耍。只是你需要注意云朵的间隙，那是整块云最薄弱的部分，一不小心，你就会从云朵的缝隙里掉下来。"

这篇作文被老师当作范文在课堂上朗诵。老师的点评结果是："文采并不出众，但想象力丰富，只是缺乏可以实现

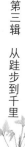

的基础。"

同学们嘲笑他的想象，说"云朵是虚的，怎么可能上去？"他下课时，带着疑惑找到作文老师，问："我这样的梦想是否可以实现？"

作文老师被这个小家伙的执著感染了，他低下身去抚摸着小家伙的头，说道："科幻是不可能实现的，迄今为止，还没有人能够在云朵上跳舞。"

这个叫栗城史多的小伙子听完后，一阵沮丧。他每天傍晚时分，便站在村口的山坡上，看着天上的朵朵白云发呆，他好想让自己长一对像雄鹰一样的翅膀，飞越苍穹，跨越云朵。

18 岁那年，他开始攀登日本的富士山，体弱多病的他受尽了折磨与白眼，在无数人奚落的眼神里，他选择了执著。富士山并不高，他却登了两次才成功。第一次，他的腿抽筋，打了急救电话，医生与护士风风火火地将他抬了下来。医生告诫他不要逞英雄，他却赌气从病床上爬起来逃回家中。第二次，他准备了很长时间，攀登成功后，他却不知足，觉得应该挑战更高的山峰。他的目标瞄准了珠穆朗玛峰。

这简直就是一个幻想。医生听完他的宏图伟业后直皱眉头，因为无论从身体素质、心脏搏动情况，还是握力、脚力、肺活量及肌肉发达程度，他都低于成年男子的平均水平。先天性不足的人如何挑战人类攀登的极限？

但他是个不服输的家伙，他认为自己有登顶富士山的经验，况且自己的心理状态极为优秀，即使不成功，也可以积累登山方面的经验，哪怕真的失败，结果也不过是永远与高山葬在一起。

在攀登珠峰前，他加强了体育锻炼的强度，以期提高自己应对各种困难的决心和经验。他在经历了生死考验后，成功地登上世界第七高峰道拉吉里峰。

2008 年，他第一次攀登珠峰失败。他的身体出现了短暂性的休克，且视力模糊，严重的缺氧反应差点让他丧命。第二次，他总结了经验，在自己身体状态最好的时候出发，但事与愿违，珠峰发生了严重的雪崩。当一位遇难者的遗体出现在他的面前时，苦难、死亡的考验向雪花般袭来。由于心理接近崩溃，他退缩下来。

在两年的调整期当中，他选择了沉默与坚强。亲人与朋友的不理解，爱人的痛苦离开，一系列变故如雪片般压了过来，他并没有被击倒，而是痛定思痛，暗下决心，从头再来。2011年11月，在经历了两次失败后，他成功地登顶珠峰。在他的日记中，他这样写道："看到无数的云朵在自己的脚下游荡时，我感到自己胜利了，小时候的梦想实现了，原来，比云高的，还有山。"

云时常用一种高傲的姿态面对世间万物。既然我们无法在云朵上飞舞，无法用自己的身躯去征服她的虚幻，我们何不转换思想，高人一头，超越云的身躯？

比云高的还有山，当你有一天登上伟大的巅峰时，你会发现，云会在你的脚下徘徊、游荡，而你脚下所踩的，是实实在

在的胜利。

　　比路更长的，还有脚。

　　比云更高的，还有山。

　　比山更高的，是奋斗不止的脚步，还有永不停歇的身躯。

只要我们奋斗了，努力了，有朝一日就可以超越云朵，登上成

功的巅峰，迎接属于自己的万道霞光。

第四辑 从挫折到精彩

西伯拘而演《周易》；仲尼厄而作《春秋》；屈原放逐，乃赋《离骚》；左丘失明，厥有《国语》；孙子膑脚，《兵法》修列；不韦迁蜀，世传《吕览》；韩非囚秦，《说难》、《孤愤》。《诗》三百篇，大底贤圣发愤之所为作也。此人皆意有所郁结，不得通其道，故述往事，思来者。

挫折，貌似是人生的困难，但未尝不是人生的财富。关键是，我们如何面对挫折，如何将挫折变成人生的彩虹？

为失败做一次庆典

1974 年冬季的某一天，华盛顿州立博物馆设计效果揭标仪式正在如火如荼地进行着，三个大牌的设计师联手与一名年仅 20 岁的年轻人同台角逐。大多数人认为：年轻人提出的理念新颖，充分展示了年青一代的昂扬斗志和朝气蓬勃。

但揭标的结果却令众人大跌眼镜，在三名大牌设计师的意料之中，年轻人未能获得最终的胜利。评审组的一致意见认为年轻人的设计缺乏人文理念，三名大牌设计师联手设计的理念可以代表整个华盛顿的形象。

夜晚时分，华盛顿最大的一家餐馆里，正在进行一场声势浩大的庆典，庆祝三名大牌设计师最终夺得博物馆的年终设计大奖。年轻人也被荣幸地邀请在列，但他没有前去参加，失败的阴影缠绕着他年轻的心扉，他有些绝望地想发疯。

他是个有朝气的设计师，由于设计华盛顿大学的礼堂而声名鹊起，一路走来，顺风顺水，夺得过许多大奖，但今天的失利使他感到在众人面前丢了脸，他甚至想到了死亡。

电话响了，是母亲的电话，她邀请儿子到一家咖啡厅里，说会给他一份惊喜。

他如约而至，他好想扑到母亲怀里，向她倾诉一下失败后的感受与苦衷。当他推开咖啡厅的小门时，见到母亲衣着华丽地在门口等着他，还有无数的迎宾小姐，她们纷纷上前来向他献花。母亲的身后，瞬间出现了许多熟悉的面孔，有亲戚，有朋友，还有自己设计专业的师傅们。

他一时间无语，不知道是喜还是悲？

母亲却突然说道："孩子，今天为你做一次失败庆典，你已经迎来了一次重要的失败，应该祝贺你。学会面对失败才能奋起直追，这是人生的必修课。"

那晚，他无疑是整场庆典的主角，他要感谢母亲，用这样一种庆典告诉自己失败不是丢脸，不是丧失尊严，而是人生中宝贵的一笔财富。

这个叫鲍勃·罗杰斯的年轻人于 1981 年创立了 BRC 公司——世博会美国国家馆的专业设计公司。BRC 公司先后参与了 6 届世博会美国国家馆的设计工作，鲍勃·罗杰斯因为工作业绩卓著，被授予美国主题娱乐协会终身成就奖。2010 年，他担任上海世博会美国馆的总设计师。他用伟大的创意讲述了一个关于美国创业精神的故事。

为失败做一次庆典，这需要多大的勇气、力量和智慧？胜利固然重要，但失败了也不可沉沦，为失败举行一场庆典又如

107

何？我们的人生，掀开新篇章，失败的下一站也许就是成功，

这便是我们的人生路。

先受伤，然后再开花

6 岁的小姑娘塞隆由于膝盖受伤，不得已暂时告别了钟爱的芭蕾舞舞台，在家里养伤，母亲则是她唯一的陪伴与亲人。

在南非的豪登省，母亲经营着一家大型的庄园，除了种植庄稼外，她还养着各式各样的鲜花。塞隆心情郁闷地每日躲在屋里忧伤，母亲则每日在花园里收拾鲜花。小姑娘偶尔会走出去，看着母亲忙碌的身影叹口气，母亲则回眸一笑，送给她无数的欣喜，母亲没有因为父亲的离开而悲哀。

塞隆喜欢芭蕾，但在几天前的一次训练中，她的膝盖跌在地板上，受到了严重的碰撞。医生检查后无奈地告诉她："你可以改做模特行业，芭蕾舞对脚尖的柔韧性要求太严了。"

医生婉转的话语是在提醒她：你可能要永远离开芭蕾这个舞台了。从幼时种下的梦想一直没有开花，塞隆幼小的心灵受到了重创。

为了练习自己的脚部，她开始在院里的石板路上学习模特走步。她的身材娇小，体姿优美，惹的庄园里的打工仔不停地张望着，母亲也时而报以热烈的掌声。在母亲的天空里，从来没有抱怨与愤恨，她送给塞隆的，完全是一个美好的世界。

塞隆在花丛中逡巡着，发现了一个惊人的秘密，居然所有的植物都有伤，她问母亲时，母亲淡淡地回答道："所有的生物都一样，先受伤，然后再开花。"

塞隆一整个上午都在花丛里寻找不受伤的植物与花，好不容易找到了一株完整无瑕的水仙花，她大叫着说："这株太可爱了，没有受伤。"母亲走了过来，将水仙的一株枝叶扯了下来，扔在土壤里，塞隆不解地哭泣着："好好的花，你为何扯掉她的叶子?"

母亲语重心长："这叶子是没用的，必须扯掉，否则会影响主干的生长。如果它不受伤，就不可能开出美丽的花来。"

先受伤，然后才能够开花。小姑娘塞隆顿悟，半个月后，她参加了附近的模特训练班，但模特行业也没有做多久，却因为她的旧伤复发而被迫退出。15岁那年，因为家庭变故，她与母亲一块儿来到了欧洲。由于无所事事，她与母亲一年后来到了美国的电影之都洛杉矶，在这里，塞隆寻求踏入电影行业的突破点。

在洛杉矶，她主营模特行业，业余时间给饭店打工，以赚取养家糊口的费用。母亲则给一家超市当理货员，二人的生活经常左支右绌。

转机发生在塞隆18岁时，在大街上行走时，一位经纪人正在找寻一部电影的配角，误打误撞地，经纪人发现了满脸踌蹉的塞隆。商谈之下，竟然一拍即合，经纪人成了她的伯乐，引领她进入电影行业，她主演了第一部电影《芝加哥打鬼Ⅲ》，一举成名。有板有眼的演技、妩媚的身姿、回眸一笑百媚生的笑容，令导演们、观众们叹为观止。电影上映后，最佳新人奖非她莫属，许多人称赞她"是一个天然的演员"。

在之后的许多年里，塞隆的演艺事业取得长远发展，期间有过不愉快和失落，但她依然挺了过来，以迷人的笑容始终占据着好莱坞的舞台，俘获着影迷们的心，她的粉丝遍布全世界。

2012年，一部叫《白雪公主与猎人》的贺岁片风靡全球，查理兹·塞隆演着属于自己和世界的爱情童话，她的表演让人充满了对美丽的渴望。她是童话中才有的仙子，没有人敢遮挡她的光芒。

这世上没有哪一种生灵可以顺风顺水地走完自己的人生，既然挫折在所难免，何不笑迎它，何不挑战它？

先受伤，然后再开花，这就是我们的人生路。

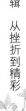

美丽的后天弥补

美国威斯康星州密瓦内基市，一个叫劳拉的小女孩正站在街角看娱乐中心的表演。站台上站满了各式各样的角色，他们粉墨登场饰演着属于自己的人生，他们的打扮迷人靓丽，让人望而却步，原来美丽也是一种威严，让人景仰。

劳拉自小便向往美丽，但她先天性皮肤黝黑，头发零乱不整，像只丑小鸭一样。她的父亲、母亲每日里忙于各种事务，无暇顾及她。在学校里，她始终不敢高声说话，是个最容易被人忽视的角色。

小女孩渴望站在舞台上绽放自己的美丽，她接近了那个舞台中心，试图通过打零工而赢得登台的方式。架子鼓演员保罗发现了她，问她有什么事情吗？劳拉畏畏缩缩地不敢吭声，最终还是将自己的想法说了出来。保罗说道："当然可以，只是小姑娘，你的装扮需要改善一些，我让卡尔给你梳妆打扮，舞台上的形象与生活中是不一样的。素颜虽然真实，却无法让人们产生美丽的遐想。"

那天无疑是劳拉最兴奋的一天了，她下午站在台上表演了自己最拿手的意大利歌剧《吻》。在通俗的舞台上表演高雅的艺术，对于他们娱乐中心来说还是第一次。小姑娘的声音宛若天籁，一个人可以同时模仿多人的声音。舞台下面一时间人流如梭，人群蜂拥般地挤了过来。小女孩表演结束时，掌声一浪高过一浪，舞台上的人与下面的观众欢呼雀跃，大家惊呼劳位竟然是一位天才。

　　自此，娱乐中心成了劳拉的家，她也成为当地媒体曝光的焦点人物。保罗告诉劳拉："先天性的美丽不足可以通过后天的努力而弥补，比如说气质和自信，可以通过自己的言谈举止展示出来。这也是一种别致的美丽。脸宠方面的美丽，可以通过化妆品或者整容弥补。皮肤黑的话，可以通过改善营养来弥补。所有的这一切说明，美丽不是一个人的天赋，后期的努力照样可以获得一个美丽的人生。"

　　启蒙老师保罗的教导使小姑娘信心倍增。17岁那年，她辞去了娱乐中心的工作，转而去大学里接受高等教育。四年时间里，她先后学习了心理学和艺术两个专业。21岁毕业那年，她有幸参加了威斯康星州的城市小姐评选，凭借高雅的举止和精湛的表演技巧，她征服了所有的评委与观众，一举获得了桂冠。《华盛顿邮报》称赞她为最美丽的城市小姐，鼓励她去参加2012年度的美国小姐评选。

　　2012年1月15日，美国小姐的评选工作如火如荼，三十多个佳丽同场竞技，她们的表演迭彩纷呈，给人以美丽的享受。在意大利歌剧《吻》的乐曲声中，一个身材娉婷的小姑娘走出了舞台，她吐字清晰，肢体语言与意大利语结合地惟妙惟肖，高雅、清新，如一阵风飘过整个赛场，青春、靓丽和自信，如一场雨漫过整个天幕。这个叫劳拉的23岁女孩子技惊四座，以一连串叹为观止的表演征服了所有的观众。她的表演结束后，全场的评委与观众竟然站起身来，以长时间的掌声感谢女孩子的精彩表演。

《华盛顿邮报》对她的事迹进行了全新的报道：先前的不足与现在的美丽形成了鲜明的对比，原来美丽也可以通过努力争取！这样崭新的观点对所有长相丑陋的人来说是一种鞭策与鼓励。

只要充满了自信，从小种下一颗叫美丽的种子，即使在污水横流的土壤里，也可以开出一株洁白无瑕的白莲花。

有许多人说美丽来自于天赋，生下来的模样决定了一切。其实，美丽也可以靠修养来弥补，可以用心灵来滋润，自信是美丽的最佳补偿。

墙外苹果比较甜

古巴首都哈瓦那，一个 7 岁的小男孩整日里穿梭于风雨中。他的任务是负责给在煤矿做工的父亲送饭，每一趟都需要 30 分钟左右的时间。

有一座操场，是他的必经之路，那是一座田径场，里面有许多和他一样大的孩子们正在经受着训练。他们的目标是参加国家大型运动会、美洲运动会，直至世界性的奥运会。

他渴望有这样一个机会，但家境贫寒的他上不了学。于是，他便每日利用送饭的空当趴在墙头往里面观看。热闹非凡的场景和异常激烈的比赛让他眼花缭乱，为了躲避保卫人员的目光，他选择了一个里面种有苹果树的地方，苹果树的叶子可以遮挡他弱小的身影。

回家时，他央求母亲，想上学，想去那座操场进行训练。他想成为明星，因为他喜欢体育，喜欢运动。母亲叹了口气，说道："孩子，你父亲每日里拼死拼活的劳动还不是为了这一大家子糊口？我们没有钱，如果你想训练，就选择跑步吧。你

115

可以每日里计算你送饭的时间，如果哪天你觉得利用最短的时间到达煤矿，你就成功了。"

　　这个黑孩子听从了母亲的安排，每日里狂奔着，只是路过操场时，他总会情不自禁地停下脚步，沿着老位置趴在墙头上张望着，直至送饭的时间快要到了，仍然舍不得离开。

　　那棵苹果树有许多枝条探到了外面，上面结了许多苹果，但是不幸的是，墙外边的苹果被路人摘了许多，只有几枚墙内的苹果荡漾在风中。

　　苹果成熟的季节，他调皮地想着可以给母亲捎几个回去。他在找寻苹果时，意外地发现墙外边依然挂着一枚不太好看的苹果。他摘了下来，放在嘴里面咬着，感觉香甜可口，于是，

他想办法跳进了墙里面，将里面的苹果摘了个精光。

母亲十分感动，放在嘴里面吃着，但吃下去一口后，他便发现了异样。"母亲，不好吃吗？我吃了一颗不太好看的，挺好吃的呀。"母亲回答："挺好吃的。"

晚上时分，他咬了那些苹果中的一枚，吃到嘴里面感觉酸涩地厉害，这是怎么回事？难道墙外的苹果比墙内的甜吗？他便去问母亲。

母亲语重心长地解释着："那是因为呀，墙外的苹果经历的困难比墙内的多，墙外邻路，多灰尘，多经历雨雪风霜，路过的人也多，自然使墙外的苹果学会了坚韧不拔，所以结出的果子才更加可口。"

他恍然大悟。

从那天起，他不再留恋那墙内的风景，每日里坚持跑步，这样的光景一下子坚持了八年。

这个叫罗伯斯的年轻人，从 2006 年开始崭露头角，他打破了中国运动员刘翔保持的 110 米栏的世界纪录，并且在 2008 年北京奥运会上夺得了金牌。

墙外的苹果总是比墙内的甜，因为它经受了更多风雨的洗礼和世间的磨难。它的出身可以卑微，可以毫不起眼，但只要挺过去，到了成熟的季节，就一定可以成为最香甜可口的人间鲜果。

不经历风雨，怎能见彩虹？经历了雨雪风霜，经历了百般纠缠，这才是真正的人生路。

痛苦土壤幸福花

1963 年 3 月，英国牛津大学图书馆里，正在研读物理学的霍金突然间感觉天旋地转，当他有意识地扶着旁边的一张桌子时，巨大的痛苦感压迫而来。随后，他昏倒在钟爱的图书馆里。噩运传来，他得了罕见的卢伽雷氏症，肌肉萎缩，不得不被禁锢在轮椅上，浑身上下只有三根手指和眼球可以活动。

这简直是天大的打击。家人哭成一团，霍金一脸迷茫。当他得知从此后得离开挚爱的科学研究时，痛不欲生，不停地用手指敲打轮椅，身体上的疼痛加上壮志未酬的折磨使他奄奄一息。

接下来，他面临着各种各样的手术。在短短的十年时间里，他做了十来项身体器官方面的手术，但他的嘴还可以说话。他口述自己的思想，整理教材，教导自己的学生，写博士论文。他的博士学位正是在这期间获得的。

1985 年，他因肺炎做了穿气管手术，彻底丧失了说话的权利。从此以后，他活在一个无法表白的世界里，在他的日记里，他这样写道："暗无天日的生活才刚刚开始，医生告诉我活不过三年。趁还有时间，我要好好活着。"

在这样的环境里，他用眼睛阅读了大量的书籍，研究了黑洞理论、引力、量子力学和统计力学。期间，他发表了一系列振聋发聩的学术理论，许多理论是划时代的，绝无仅有的。

1988年，他出版了《时间简史》，至今已经销售了2500万册，成为全球最畅销的科普书籍之一。同时，他超越了医生提出的死亡线，他的目标直指更远的远方。

2004年，他改正了原来自己提出的"黑洞悖论"观点。他敢于承认自己原来理论上的错误并予以更正。

2005年，他在轮椅上开始自己的经典演讲。每说一个字，几乎花费一分钟左右的时间。每一次演讲会下来，他都身心俱疲。五个多小时的演讲堪称字字珠玉，听他的演讲一票难求，电视台进行了现场直播，许多人揪着自己的心，认真地做着笔记。那一刻，全世界的呼吸全都停止了，一个弱者在讲述一个强大的宇宙。

在这样艰苦的环境里，霍金获得了一系列殊荣：

1978年，获得物理学界最有影响的大奖——爱因斯坦奖。

2009年，获得美国自由勋章，美国总统奥巴马亲自颁奖，并称赞霍金是自己见过的最伟大的强者。

霍金十分向往中国。2006年，他的希望终于成行。6月，霍金在众星捧月中，在人民大会堂进行了一场生动的、别开生面的演讲。当他的病体被推到主席台上时，全场爆发出雷鸣般的掌声。霍金称赞中国人民的掌声最为亲切。

霍金的魅力不仅在于他是一个充满传奇色彩的物理天才，也因为他是一个令人折服的生活强者。他不断求索的科学精神和勇敢顽强的人格力量深深地吸引了每一个知道他的人。他被世人誉为在世的最伟大的科学家、另一个爱因斯坦、不折不扣的生活强者、敢于向命运挑战的宇宙之王。

在深不可测的地狱深处，到处都是痛苦与磨难。一株天堂花的种子偶然飘到了这儿，试探着搜寻养分与水分。"想在地狱里伸展出绝世之花？"黑暗使者大笑起来："这儿没有水，只有血和疼痛，在疼痛的土壤上，你也敢开花吗？"天堂花没有理会使者的嚣张，它趁着使者休息的良机，拼命的生长，抽取血里的水分维护自己的营养，从使者的鼻息间找取仅存的氧气。它苟且偷生，终于有一天，使者睁开眼睛时，发现痛苦的土壤上竟然开出了一株硕大无朋的天堂花。使者想将花连根拔掉，花儿却笑道："我已经扎根在地狱里，你如何拔得掉？在痛苦的土壤里开出的花，更加坚强，更加深厚。"

霍金，一株开在地狱里的天堂花，无时无刻不在印证着属于自己的生命传奇，经典且深刻。

身处低潮，亦有机遇

在法国南部海滩，有一个小渔村，里面住着一个可爱的男孩子，他的名字叫迪克。迪克命运不好，幼小丧父，长到十岁时，母亲因为不堪家中的贫穷而与一位富家子弟私奔到了他乡。荒凉的房屋里，只剩下迪克一个人面对着家徒四壁。在政府的帮助下，他入住了孤儿院，并且一天天艰难地成长起来。

在他快要 20 岁那年，他希望自己能够办一个加工厂，里面养着许多的奶牛。他的提议遇了许多困难，但他还是贷到了一大笔的款项，足可以支撑他的奶牛厂开业。

他的奶牛厂开业后，生意很不错。幼时家贫和缺少关爱使得他更明白奋斗的可贵，但苍天弄人，他的奶牛厂接近海滩，那一年秋天，海潮汹涌澎湃，在一个夜晚袭击了附近的几个村落，当然，他的奶牛厂也没有幸免。幸亏他反应及时，才没有被海水卷走，但他的奶牛厂却毁了。

海水退去后，他的生命也进入了最低谷，原本开朗的他开始郁郁寡欢。他想到了死亡和生命对自己的不公。

第四辑　从挫折到精彩

那是一个黄昏时分，他踩着海边的沙子一步步向海水中走去。他想到父亲母亲，并且想到了天使的召唤和上帝的邀请。突然间，他的脚下感到一种出奇的冰冷和坚硬，低下头去，竟然发现了许多种千奇百怪的鹅卵石。那是海水退去后留下的唯一杰作，它们在海底经历了无数次的大浪冲刷，形成了现在的模样。他好奇地低下头去拿起一颗来把玩着。月光下，它们个个发出精彩的光芒，让他不禁留恋起生命的唯一和可爱。

在他的人生最低潮处，他捡了一些鹅卵石回家，只当是对自己哀怨的生命有个交代。

此后，他天天到海边捡鹅卵石，只不过为了弥补生命的空虚和无聊罢了，同时也是为了躲避贷款人的目光。鹅卵石渐渐多了起来，它们个个惊奇的面孔吸引了迪克的注意力和想象力。闲着也是闲着，他开始整理那些可爱的石头。一年年过去了，院墙上、房顶上，包括迪克的卧室里，到处放满了这些可爱的石头。它们成了一种难以忘却、不容忽视的风景。

他的杰作慢慢地吸引了许多人的目光。终于有一天，一家报社的记者发现了这里的风景。他报道了迪克的鹅卵石奇遇。于是，奇迹便发生了。现在，如果你到了这座小村庄，总会看到游人如织的样子，他们纷纷前去观赏这个人为创造的奇迹。

迪克在自己人生进入低潮时，竟然发现了可以为一生带来财富的机遇。那些被海水冲刷了数千年的石头，终于变成了一种风景。

其实，我们所有人都会遇到生命的低潮，当海水渐渐退去，我们总感到生命的脆弱和悲哀。我们会沉沦、低迷，甚至会选择结束自己唯一一次的生命。上天是公平的，它会在我们失意时送一些祝愿给我们，只是有时候，我们迷离的目光只看到海岸离我们的生命越来越远，却没有注意到脚下那些可爱的鹅卵石。

人生难免处于低潮，但低潮也存在机遇与挑战，有许多有志者，都是在低潮时寻找到了人生的方向。

成功或为失败母

14 岁的少年詹姆斯看了一部科幻电影，电影的名字叫做《2001 太空漫游》。他被片中精彩的画面所感染，下决心要做一名导演，也要制作出世界上无与伦比的精彩画面。

他天生有艺术感召力，总爱在公开场合说出自己的思想，因此他博得了许多同学的羡慕。当然，也有许多人反感他的不可一世，他想用一场演出来堵住大家的嘴。

这件事情发生在他 18 岁那年，在加利福尼亚州立大学物理系，他多次申请后才取得了元旦晚会的导演权，但校园里许多人对他不屑一顾，一个物理系的学生偏偏喜欢什么艺术？简直就是走弯路。

他用一场完美的晚会博得了经久不息的掌声，当他高高地被众人抛起时，一颗年轻的心开始膨胀起来。

在接下来的大学校园生活中，他接连举办了三场晚会，但效果却一场比一场差。在最后一次，他不得不将整场演出以内部招标的方式租给另外一名校外导演。消息传出去后，许多人对他嗤之以鼻，认为他根本就不是做艺术的料，也有人说这是骄傲过度的结果，才能被虚伪掩饰了。

这个名叫詹姆斯的年轻学子，在毕业后没有从事与物理相关的行业。他做过煤矿工人，做过钳工，为了生存甚至给人家干过苦力，但他那颗经受到打击的心从未停歇过，他利用挣来的钱投奔艺术学院，接受正规的培训教育。

时间来到了 1981 年，他自编、自拍、自导的影片《食人鱼Ⅱ：繁殖》几经辗转在意大利拍摄完成。这部奇异的电影让他声名鹊起，人们开始认识了一个年轻帅气的导演。他的意气风发和在众人面前的侃侃而谈吸引了众多的影迷。

但命运与他开了个天大的玩笑，他接连拍的几部影片却遭到了无人问津的结果。他为此深陷迷途，曾经想过干脆不做了，或者是重新拾回自己的物理专业，去实验室里终结自己的生命。

时间沉寂到了 1997 年，当时世界上最昂贵的电影——《泰坦尼克号》拍摄成功并投放市场。人们都在说詹姆斯是在与命运豪赌，在影片的制作过程中，他身体力行，几乎每一个角色与拍摄过程都凝聚了他的心血，他大声疾呼着："泰坦尼克号可沉，《泰坦尼克号》不可沉。"时间证明了一切，《泰坦尼克号》取得了举世瞩目的成功。

2010 年初，一部叫《阿凡达》的电影几乎囊括了所有的奖项。迷人的画面设计、非同寻常的视觉震撼，将观众带入到一个科幻的磁场中。观众看完不忍离开，拍手叫绝，欲罢不能。

詹姆斯·卡梅隆，加拿大著名导演，被人们称为一个天才导演、最昂贵的导演、获得奖项最多的导演。

他曾经说过一句话："不要总是认为失败是成功之母，有时候，成功也是失败之母。"一次成功是不值得一提的，也许忘记成功才是最重要的，因为你如果只看到成功，就会影响你的思想，冷静地看待自己十分重要。

软件原名叫坚强

　　他从记事的时候起，就知道自己的腿永远的完了。3 岁时的小儿麻痹后遗症使他留下了永远的残疾。他在回忆这件事的时候，这样说道："每天只能守在窗口，看大街上熙熙攘攘的人群。寂寞的时候，拿一张小纸条，一撕两半，将身子探出窗外，一捻，看着那些纸条飘落于尘埃。"

　　不幸的事情接踵而至，上小学一年级的时候，他的腿又被自行车压断了一次，这无异于雪上加霜。他站在小桥上看河里的鱼，被过路人一碰，就一头栽到水里去了。他在烟台海边的礁石上钓鱼，涨潮了，却回不到岸上。

　　但这反而促进了他的坚强，腿不方便，他却喜欢爬山。腿不灵，他却偏偏爱上骑自行车，结果摔得鼻青脸肿，眼冒金花，但他还是以常人难以忍受的毅力学会了骑自行车。他小学四年级的时候学会了熬夜，成绩斐然，他熬出了双波段八晶体管的收音机、无线电收发机。

　　由于身体残疾，他只能读到初中毕业，去找工作时，没有

127

人愿意接收一个肢体不便的孩子。他接连碰壁后，想到了一个办法，就是不要工资白干，但人家在试用几天后，还是摆摆手，他们不想接受一个累赘。

时间到了1971年，他终于被一家街道工厂接收为临时成员。他工作努力，克服重重磨难，一举成为该厂的技术骨干。1979年，他的执著、努力得到了承认，因为在激光产品方面获得多项国内外先进水平的科研成果，他被评选为全国105个新长征突击手之一。

38岁那年，他迷上计算机。他说这是天赋使然，一发而不可收。1989年，在国内首次报告出现计算机病毒以前，他就界定了小球病毒，并且开始利用自身的优势攻克病毒的存在。

他坚定了一条信念，开始走计算机杀毒之路。终于，经历重重困难后，"江民杀毒软件"横空出世。凭借此杀毒软件，他走出了一条异彩飞扬的杀毒之路，他的产品十多次荣获国内最佳软件奖，连续获得中国软件行业协会推优奖，被评为"中国优秀软件"。

他就是江民杀毒软件的创始人王江民。他身残志坚的故事感染了至少一代人。

不仅计算机存在病毒，我们的生活中也无时无刻存在着折磨人心志的"病毒"，它们使你望而却步，使你举步维艰，其实清除病毒的最佳软件叫做"坚强"，坚强让我们身长双翼，翱翔太空，永不止步。

坚强是世间最灵动的情愫，它是成功后喝的酒，失败后喝的药，是我们原地踏步时的清醒剂。

后天教育胜天赋

　　18 世纪末的德国柏林，正在进行一场触目惊心的辩论赛。说它惊心，是因为这场辩论赛的一方为德国教育界的前辈与权威们，另一方却只有一人。那人年方四十有余，身材矮小枯瘦。他的观点刚刚说出口，便惹来一阵谩骂声，他的观点是：教育孩子不在于孩子有多大的天赋，而在于后天的合理努力。

　　对于当时的德国来说，他的这一言论对那些循规蹈矩的人来说无异于一场地震。有人说他疯了，是在对上帝挑衅；有人说这是个颠扑不破的真理——人生来该做什么是注定的，也就是神所决定的，他简直该送到断头台上。

　　他的脸上始终挂着微笑，他坚持自己的观点是可以信得过的。他接下来继续对大家说道："我愿意做个实验，如果上帝能够给我一个孩子，我一定能够印证我所说的话。"

　　在众人的歇嘘声中，这位性格孤僻的人离开了柏林回到自己的家中。他整理了自己的资料，期望着上帝能够给他一个孩子。半年后，他的妻子果然怀孕了，这对于他来说无异于一个

130

天大的惊喜。他觉得是上天在帮助自己，便摩拳擦掌地等待着孩子的降生，但不幸的是，孩子却流产了。这个消息不胫而走，他遭到了前所未有的攻击，大家纷纷说这是上帝在责罚这个可怜的男人，他的议论简直太嚣张了。

他的心犹如刀绞，但他始终有这样一个信念：如果上帝能够给我一个孩子，我会好好地珍惜这个难得的机会。

这一等，便是十年的时光。在他五十多岁的时候，他的妻子却突然怀孕了，他的目光中又泛起了久违的希望。十月怀胎，生下来是个儿子，但老天似乎是在考验他，这个孩子体重不过四斤，哇哇的哭叫声好像一只受伤的小老鼠。妻子无奈地说道："像这样的孩子，就是教育了，也是白费力。"但他没有放弃，他坚信通过自己的努力，可以将孩子培育成一个健康、阳光、向上、有出息的人。

他教孩子读书时，先买来小人书和画册，把其中有趣的故事讲给儿子听，然后对儿子说："如果你能认识字，这些书都是能看明白的。"有时他干脆不把书中的故事讲给孩子听，而对他说："这个画上的故事非常有趣，可爸爸没工夫给你讲。"这样就激发起孩子一定要识字的愿望和兴趣。于是，他这才开始教孩子识字。

孩子有了读书的兴趣，就很刻苦了。不久，这个孩子就轰动了附近地区。孩子七八岁时，已经能够自由地运用德语、法语、拉丁语等语言，通晓物理学、化学，尤其擅长数学。九岁时就考入了莱比锡大学。这个大学的校长说："这个孩子已经具备了十八九岁青年们所不及的智力和学力。"很显然，这是他实行早期教育的结果。1814 年 4 月，未满 14 岁的孩子被授予哲学博士学位。两年后，他又获得了法学博士学位，并被任命为柏林大学的法学教授。

这个奇怪的父亲，就是著名的教育家卡尔·威特，他因一本名叫《卡尔·威特的教育》的书而闻名天下，是现代教育理论的先驱。他的儿子小威特 23 岁时出版了《但丁的误解》一书，成为研究但丁的权威。

看来，上帝也有成人之美，他不包庇错误的理论，而是满足了卡尔的愿望，从而成就了他的伟大成果。

天赋固然重要，但后天的培养与教育比天赋更加重要。我们不必哀叹天赋不如人，在后天的厚积薄发中，照样可以赢取成功的人生。

手中无弓，心中有箭

2009 年暑假，台北市一所动物园里，一位技艺精湛的魔术师，正在现场为家长与小朋友们奉献一场精彩的魔术表演：死里逃生。

魔术师需要一位家长将自己的双手绑牢，然后让工作人员将自己吊在半空中。吊着魔术师的绳子有三根，每隔三十秒钟，便会有一根绳子自行脱落，在最后一根绳子脱落前，魔术师需要死里逃生，因为在魔术师下面，便是碧波荡漾的湖水，湖水里养着六条鳄鱼。

这几乎是最吸引眼球的表演，也是最惊心动魄的魔术。这位才华横溢的魔术师，希望通过这样一场表演证明自己的实力，因为自己的梦想还在远方。

一位家长过来了，他奉命绑了绳子，可能是绑地过于结实，魔术师的脸上有一些痛苦的表情，但他还是示意工作人员将自己吊起来。

第一根绳子崩裂时，现场一片惊叹声，因为魔术师汗津津

133

的脸上写满了无助与失望。当第二根绳子断裂时，大家听到了他的求助声："工作人员，将我放下来，我完成不了。"

魔术师被放了下来，现场一阵骚动，大家纷纷议论着结果，摇摇头叹息着离开了动物园。

故事并没有到此为止。这位失败的魔术师一阵惊悸后，马上去寻找刚才那位帮自己系绳子的家长，向他请教系扣的方法，因为他无法在短时间内破解。

魔术师由此吸取了经验与教训，并开始认真地搜集关于系绳子的方法及破解的难点。在一年时间内，他几乎寻遍了系绳子、解绳子的所有方法。

一年后的暑期，还是在台北市动物园里，一场惊险的魔术表演弥补了一年前的缺憾，当魔术师丁建忠表演成功时，现场爆发出一阵阵雷鸣般的掌声。

2011 年春晚，丁建忠成功地代替了魔术师刘谦，成为那届春晚最大的亮点。

许多时候，生命不可能给你一个完整的环境，如果生命只给了你一支箭，你如何将它发出去，让它变成制造成功的契机？有些人让箭长满了锈，而有些人则利用自己的头脑和双手，让箭穿越现实，飞向成功的彼岸。

生命有时候不会给你一个适合的道具，你何去何从？与其说苦等机遇的降临，倒不如用心做好每一件事情，手中虽然无弓，但心中一定要有箭。

第五辑　志当存高远

老骥伏枥,志在千里;烈士暮年,壮心不已。

每个人都有自己的理想,小时候有,青年时有,老了也有,但是当你心怀理想之时,你是否向着你的理想努力了?当你努力之后,你的理想是否真正地实现了?

他想在月亮上跳舞

一个其貌不扬的男孩子，就坐在教室的最后一排。他对讲台上查尔老师滔滔不绝的演讲不屑一顾，而对手中已经制作好的个人图画本爱不释手。

查尔老师终于对这个顽皮学生的卑劣行为感到痛心。当老师高大的身躯出现在男孩子面前时，他依然我行我素，一点都没有将查尔的高大和威猛放在眼里。

查尔的手与男孩子的手碰在一起，刹那间，电光火石。男孩子知道噩梦降临了，他本能地想将图画本从查尔老师的手中抢走，但太晚了。

"这就是你们差生的恶作剧，"他怒视着班里的每一名孩子，包括那个刚才还不可一世的男孩子，他继续讲道，"我倒想看一下，他在图画本上画了什么，是一幅伟大的作品吗？"

查尔说着，将图画本打开，第一页有一幅图画，标题是《在月亮上跳舞的孩子》。画中的内容大体是：一个孩子正在月球上跳舞，由于失重，他的身躯倾斜着，他需要维持住快要栽

倒的身体，并且他的头上还戴着一个氧气罩。天哪，他竟然知道，月球上没有氧气。

查尔老师看罢图画，将手一扬，要求大家传看这幅作品，问大家："这值得牺牲我一整堂课的时间吗？"

大家看了以后，纷纷捧腹大笑，回过头来看时，那个男孩子早将头深深地埋进双腿中，眼泪肆意横流。

"就是他，他是个想在月亮上跳舞的孩子。"以后的每一堂课或者是课间，同学们都会捉弄他，笑话他。高年级的人会笑他是痴人说梦，异想天开。

这个孩子回到家里，将在学校里受尽的白眼告诉了自己的父亲。父亲是个建筑设计师，曾经设计过许多高不可攀的大型

137

建筑，他劝孩子道："相信自己，你可以做一个在月亮上跳舞的孩子。"父亲鼓励他在图画方面继续发展，甚至决定将他送入芝加哥的美术学院。

但命运阴差阳错，人生充满变数，他却没能将图画事业进行下去。一个偶然的机会，他喜欢上了建筑设计专业。

2010 年初，一座世界上最高的建筑在阿联酋的迪拜落成，它全高 828 米，成为与月亮最近的地球建筑。设计师叫艾德里安·史密斯，他正是那个当初想在月亮上跳舞的孩子。

在月亮上跳舞，这是怎样的信念与理想呀？却差点被流言摧毁。

谁能说他没有实现自己的理想？能够亲手设计出世界上最高的建筑，能够站在迪拜塔的最高层独舞，他俨然已经成了一个名符其实的月亮天使。

触手可及，尽是高度，肌肤所近，依然风尚。

每个孩子都应该有雄心壮志，都应有在月亮上跳舞的理想，这是一种博大的胸怀，一种高耸入云的气度。

骆驼乘风，可过沧海

和所有的女孩子一样，她生来就有着明星梦，想出人头地，想通过自己的努力冲进娱乐圈，但母亲的话却冲击了她埋藏多年的梦想："你生来貌相丑陋，尤其是自己的鼻子，长得古板，从没有哪一个明星长着一张人见人烦的脸。"就这一条，母亲否决了她的梦想。

她这样中规中矩地生活了十年。十年后的某一天，一场演唱会重新点燃了她隐藏在内心深处的无限激情。她不顾母亲的反对，执意去圆自己的明星梦。

她碰了无数次的壁，慢慢地，娱乐圈中便传扬开来，一个天生长着"骆驼鼻子"的女孩子，偏偏做着什么不着调的春秋大梦。她没有退缩，而是更加自信地出没于各种场合。她在接受电台访问时，说了自己的长相问题，她这样解释："我的鼻子不是难看，而是长得太特别了，这叫做个性！如果长得太大众化了，倒不是我了。"

为了证明自己可以，她先学了半年的芭蕾，又参加电影公

139

司的试镜，后来又参加了市里组织的才艺展示。反正是各种各样的场合，她都试着去面对，她不怕大家说自己难看，相反的，她在试着改变大家的审美标准。她相信，自己的长相是可以让大家接受的。

由于屡次失败，她17岁时便自己组建了一个音乐团，开始尝试着表演一些歌舞剧。这样的演出进行了十来场，由于没有观众而停止。但曼哈顿的一个导演却相中了她，他知道她的事迹，认为是个可塑之才，便找到了她，让她表演一出音乐剧的主角。这一场表演，改变了她的整个人生。

从此以后，在上个世纪60年代美国的舞台上，出现了一个长相一般，但名扬天下的女歌手。她的表演真挚，饱含着无数的深情。她认真且执著，从不掩饰任何本该掩饰的东西。她的真情流露着一种从未有过的清新与自由，让无数人掉下激动的泪水。观众们仿佛看到了生活中的自己，她就是我们，我们就站在舞台上，就像她在生活中一样——不哗众取宠。

她坚持自己流行音乐的步伐，即使在摇滚乐风行的一段时间里，她依然未改变自己的初衷，也正因为她特立独行的执著和魅力，奠定了她在演艺界的地位。没有人说她长得美，但许多人都说她的歌好听，举世无双。

芭芭拉·史翠珊，世界级偶像派人物，20世纪最后一位不可替代的艺术家，当今世界最受崇拜、知名度最高的娱乐明星。她的表演路程，简直就是半个世纪美国音乐的发展史。

从最初被人嘲笑为古板的怪人，到最后的"绝代佳人"，她完成完美蜕变，使整个美国改变了对"美丽"的看法。

　　一头骆驼尾随着一只蝴蝶来到沧海边，它看到蝴蝶完成一次圆满的蜕变后，飞向了沧海，骆驼便问沧海："我可以飞过去吗？"沧海回答它："不知道，迄今为止，飞过沧海的只有蝴蝶，没有听说过骆驼可以飞过，至于能否飞过，决定权不在我，在于你。"骆驼不会飞，它便下了水。它是沙漠中的动物，不喜欢水，因此它几度浮沉，直到有一天，它突然间醒来，发现自己仍然在沙漠中。它哭泣着说道："原来我仍然没有越过沧海。"沧海在后面大笑着："骆驼，骆驼，你越过了沧海，我的怀中，落下了一枚套在你脖子上的铜铃。"

　　不仅仅蝴蝶可以飞越沧海，就看你有没有想要飞越的决心与信念。既然骆驼也可以"飞"过沧海，我们每个人亦可飞过理想的海洋。

帆最怕选错方向

　　1922 年夏天，丹麦哥本哈根市郊区的一所小学内，正在进行一场别开生面的作文比赛，作文的内容是要求每位学生写出自己的理想。学生们纷纷将头埋地低低的，开始构思自己梦中的天堂。

　　一个叫做约翰·伍重的学生，沉浸在童年的梦想中。他打小喜欢各式各样的古建筑，曾经梦想着设计一套让万人景仰的建筑物，因此他从小喜欢看关于建筑的书籍，却不喜欢文化基础知识，所以在所有老师的眼里，他是个不可一世、不知天高地厚的家伙。

　　最后，经过两堂课的撰稿，他郑重地在作文本上写下了自己的理想：将来做一个伟大的建筑学家，设计一套世界上数一数二的建筑物。

　　一天后，老师将作文本退还给了他。他打开看时，老师在本上打了个大大的"F"，旁边还写着一行字："下学后到办公室找我。"

约翰·伍重怀里像揣了只小兔子，不知所措地进了老师的办公室，老师一脸不屑地望着他，说道："约翰·伍重，你是个淘气的家伙。我征求了所有老师的意见，认为你的作文与现实脱离太远，所以我要退还给你。如果可以的话，我愿意再给你一次机会，你可以切合实际地写出你的梦想，不过不要天方夜谭。"

约翰·伍重本能地为自己辩解："老师，这是我最热爱的梦想，所以我觉得这就是现实。"

老师的眼镜左右摇摆着，开始训斥这个不识实务的家伙："要知道，设计一套世界上数一数二的建筑物需要怎样的努力吗？你需要有许多钱，但你没有。你需要有足够的智商和能力支持，我看人不会走眼，你不是那种人。另外，你需要拥有数都数不清的建筑学方面的知识和阅历，谈何容易呀？这也是我们要退还你作文的主要原因。如果你要坚持的话，我只有给你的作文打一个零分。"

伍重垂头丧气地离开了学校，回到家里，他准备挖空心思地再写一篇老师比较喜欢的文章来敷衍。父亲见他一脸失望的神色，便问他缘由。一个十岁左右的孩子，哭得让人伤心欲碎。他将昨天在课堂的遭遇和今天老师办公室里发生的故事讲给父亲听。父亲听完后一脸严肃的神情，他拍拍儿子的肩膀，告诉他："你知道帆最怕什么吗？我要告诉你，帆最怕选错方向，而人生的帆就掌握在自己的手中，这是你自己的选择，别人的建议仅供参考。"

小伍重经过一整夜的思考后，第二天他将作文原封不动地交给了老师。在作文的最下面，多了他的一句话："这是我坚持的梦想，我会为之终生努力。"

也许许多人将这个孩子的愿望当成了一则笑话，谈笑后便湮没在历史的长河里，但谁也没有想到，1957年，这个叫做约翰·伍重的中年人，凭借自己奇巧的构思和别居匠心的设计，一举获得了悉尼歌剧院设计方案的头等奖。他的设计被美国建筑大师艾·沙里宁认为是最科学、最美观的造型。

事实证明，悉尼歌剧院成为与印度泰姬陵、埃及金字塔齐名的世界顶级建筑物。它的成功设计和建造，是20世纪建筑史上的奇迹。

正是小伍重那份执著的信念促使他没有丢掉自己的梦想。在向目标迈进的过程中，他一步步地努力，无数次地翻跟斗，梦想也曾摔落过，他也曾在彷徨、失意中失去了行程和方向，但他低下头将梦想从地上重新捡起来，抖擞精神再一次投入到生命的海洋里。因为他坚信，梦想总会有实现的那一天。

我们每个人都曾有过精美无比的梦想，我们在梦想实现的过程中，也曾一次次地遇到过磨难、诽谤或者遭人泼冷水。梦想就像掌心里的水一样，一旦漏掉，那么就会两手空空。其实，我们不知，我们丢掉的正是自己毕生的追求和希望。

有时候我们总在感慨，谁偷走了我们儿时的梦想？这则故事告诉大家：偷走梦想的人，正是我们自己。

瞄准月亮的弓箭手

1967 年 3 月，波兰华沙第一中学初中一年级某班，体育老师波尔正在为大家布置今年的体育任务——铅球。由于年底要进行铅球项目的统考，因此他要求每位同学根据自己的实际能力上报铅球测试的完成距离。

下课时，同学们上交了一份目标单，大家所报的目标十分保守，有的甚至比基准分还要低出许多。波尔一边看着，一边皱着眉头，他深深地感觉到大家的体质和心理明显存在问题。

但接下来，他看到了一份意外的目标单，上面赫然写着目标距离：11 米。

要知道，男子铅球的达标距离是 8 米！大家的心理是一致的，尽量靠近 8 米的距离，但这个孩子所报的目标值却是如此之高，这不得不令波尔感到吃惊。这一定是个调皮的孩子，要知道，这是一个世界级高手才敢报出的目标距离。

他看到了孩子的名字：科莫罗夫斯基。

他示意孩子留下来，他有话要讲。他看着孩子的脸，十分瘦弱，但带着这个年龄段孩子少有的成熟与深沉。在交谈中，波尔了解到，他家境一般，父亲与母亲离异，是个典型的缺少关爱的孩子。他可能没有意识到事情的严重性，要知道，这个目标值虽然不是基准测试值，但需要备档，会影响到孩子的年底成绩。目标值报的过高，就意味着要付出百倍的努力，他不想让孩子承受太大的压力。

老师将想法告诉了孩子，劝慰他应该从实际出发，但孩子却意外地说道："目标值如果给的太低，我就会失去前进的动力。我想我可以接近目标值。"

接下来的几堂体育课，这个孩子依然坚持着自己的观点。他给出的其他项目测试值依然比其他同学要高出许多，波尔想到孩子的话后，选择了鼓励而不是阻挠。

孩子在上体育课时加倍努力。他目光炯炯，仿佛有用不完的智慧与力量。

但他的成绩实在太糟了，身体脆弱，加上性格内向，使他缺少许多与大家的沟通，有些正确的姿势还没有掌握好。

这个叫科莫罗夫斯基的孩子，没有因困难而止步，而是利用休息时间来到操场上训练。波尔有好几次看到他熟悉的影子，他十分用力，将铅球一次次掷出——虽然与目标值仍然有太大的距离。

年底考试时，这个孩子破天荒地将铅球掷出了 9.5 米的距离。这个成绩，在所有初中一年级测试中最好。

波尔兴奋地告诉了大家孩子成功的秘诀："将目标定得更

远大些，让自己的潜力充分发挥出来而不是停滞不前。目标定得越远，成功的概率就会越大。"

上帝垂青于目标远大的人，心有多大，上帝赐予你的力量就有多大。一向以温和著称的科莫罗夫斯基于 2010 年 7 月 5 日成功当选为波兰新一届总统。瞄准月亮的弓箭手，总比瞄准树木的人射得高。

目标越远大，希望就越大，我们要学会将目光瞄向太阳与月亮。

在"水上"绘画的孩子

吉姆自幼喜欢绘画,曾经在田野里信手涂鸦,他在田野里画了一条 3 公里长的画,被当地的老师称为绘画天才。

年仅 9 岁的吉姆看了一本童话,里面讲述了一个想在水上绘画的孩子,并且取得了成功,赢得了大家的尊重和认可。而当他将这则消息告诉父母、亲人和老师时,大家纷纷摇头表示反对。水上怎么可能绘画?这简直就像天方夜谭般的神话。

吉姆却认真起来,在父亲的鼓励下,他来到湖水边上,挥着彩笔想一蹴而就,湖水只留下一片波纹,彩色化为乌有。他怔了半晌后,突然间放声大哭起来。在他看来,童话与现实出现了反差。

吉姆 13 岁时,到纽约的一所美术学院深造,他将在水上绘画的想法向老师征求意见,老师也不置可否,不过,他给吉姆提了醒,说:"水上是不能够作画的,但你可以在冰上画,纽约的冬天到处都是冰湖,你可以在那上面画出最精彩的画。"

14 岁那年,他向大家宣布:"我要在贝加尔湖上画出世界上最大最长的一幅画。"

这则消息有些振奋人心，也吸引了众多同学的注意力。

但征途并非一帆风顺，第一幅画完成一半时，冰突然出现了裂缝，险些让他葬身鱼腹与冰海。他为此痛哭流涕。

第二幅画在 16 岁那年开始制作，那一年，贝加尔湖的冬天十分寒冷，他约了诸多同学们，星夜兼程前往观看。他废寝忘食，但在画作基本完成时，一伙强盗袭击了他们。强盗不仅糟蹋了画作，还将他们劫进了一座山洞里，幸运的是，强盗在抢光了他们身上的钱财后，将他们扔在了冰天雪地里。

这样的梦想一直缠绕着吉姆，沉重的打击并没有使他颓废，相反他坚定了信心，要在冰层上制作出一幅让世界刮目相看的画作。

时间来到了 2010 年，这一次他没有让世界失望，他在贝加尔湖上创作了一个面积达 23.31 平方公里的巨型几何图形，也打破了他本人于 2009 年创造的世界最大艺术品纪录。

人生就是一面大型的画布，每个人都在上面尽情渲染着自己的激情和梦想，只要我们永不停歇，奋勇向前，我们就一定会像吉姆一样，绘出一幅绵延一生的巨幅画作。

在"水上"绘画，本是一种不可能，但吉姆却将不可能转变成了可能，许多时候，从不可能到可能的转化就发生在一瞬间，一个理念，一种思路。

属于自己的钥匙

19世纪末的美国洛杉矶，有一位伯兰先生，他是当地首屈一指的富翁、慈善家。许多人都敬重他，以他的财产和豪宅为毕生追求的目标。

一天傍晚，伯兰先生在自家的门口发现一个衣衫褴褛的年轻人，他就缩在院墙的一角。当伯兰先生看到他时，他正在数天上若隐若现的星星。伯兰先生问："年轻人，你在做什么?"年轻人回答他："我在数星星，有多少星星就有多少梦想。"

伯兰先生笑了，他继续问："那么，你的梦想是什么?"

"实不相瞒，先生，我现在的梦想就是拥有一所豪华的房间，拥有一张超过自己身体两倍的大床，让我美妙地睡上一觉。"他说着，眼睛里流露出无限渴望。

热衷于慈善事业的伯兰立即答应了他的要求。他领着年轻人来到自己的豪宅里，将一把钥匙交给他，并且告诉他房间的位置。伯兰对他说："今晚你就是这所房间的主人。"说完，他充满爱心地走开了。

第二天早晨，伯兰先生过来看望他时，却发现钥匙放在窗台上，房间并没有被打开的痕迹，里面的物件整齐有序地维持着原来的风貌。也就是说，那个年轻人根本没进房间。他诧异地想了想，忽然间他想到了这间房的锁是保险锁，除了用钥匙外，还需要对好密码才能打开。昨晚，由于疏忽，他竟然忘记了告诉年轻人开门的方法，他为此后悔不迭，出门寻找时，年轻人早已不知去向。

之后的几天，伯兰先生一直在为自己的不负责任感到遗憾。由于自己的大意，他破坏了一个年轻人的梦想，而这些，不是用金钱可以换取的。他最终没能找到年轻人的下落。

十年后的一天，华盛顿郊区有一位富翁给伯兰先生来了一封信，请他去自己的豪宅参加一场别开生面的酒会。伯兰感到很纳闷，自己在华盛顿地区没有几个朋友，再加上这个住所挺陌生的。他怀着一种好奇心前往目的地。

酒会上，一位中年富翁正在招待大家，当伯兰先生到达时，中年人迎上前来，热情地拥抱伯兰，中年人说："伯兰先生，你还记得十年前你家门前的那个年轻人吗？"

伯兰先生努力搜索着记忆，当他终于明白面前的中年人是那晚的年轻人时，他一脸愧疚地说道："对不起，先生，当时我确实疏忽啦！"

"不，伯兰先生，我要特别感谢你，当我将钥匙插进门锁时，无论我怎么努力，我都无法打开通往理想的大门。我只有

151

隔着窗户欣赏着里面的豪华，后来，我想明白了，这把钥匙是不适合我的，如果我能够如愿以偿地进入房间里面，那么我会瞬间失去梦想，终日生活在安逸的牢笼里。庆幸的是，不能打开房门的钥匙使我明白：那些荣华和富丽现在不属于我，我没有资格去得到它们。从那时起，我就告诫自己：梦想仍在延续，总会有一把钥匙属于自己。"

年轻人名叫格桑，通过近十年的努力，他已经成为华盛顿地区最富有的大亨。

是的，总有一把钥匙属于自己，有了它，我们就可以解除阻碍我们前行的任何障碍，走进梦寐以求的理想之门、智慧之门和成功之门。

长着翅膀的鞋子

　　一个长的黑黑的女孩子，坐在一大堆旧鞋当中，她无助地、极不情愿地用手抚摸着这些旧鞋，但这是她的工作。她刚想趁机休息会儿，旁边师傅严厉的目光射了过来。

　　她的工作是负责修鞋，先用针扎，然后放在修鞋机上面，用线穿透破烂的地方。这样机械的工作使她的神经有些麻木，但为了糊口她选择了坚持。她一想到母亲的病容，就觉得浑身充满了力量。

　　她有个业余爱好，喜欢画画，她曾经一度求母亲让自己能够上学。她想成为一个艺术家，但捉襟见肘的家庭使她暂时搁置了这份梦想。

　　她有事无事时，便在皮鞋的底部画画，这可是个充满乐趣的工作。她一度将整个皮鞋下面写满了字，画满了画。直到有一天，师傅发现了这个致命的问题，他十分恼火她的嚣张与任性："这会给我们带来坏印象的，你简直是在砸我们的饭碗！"

　　麻烦终于来了，一位客人发现了这个问题，他歇斯底里地要求将皮鞋下面的画全部清除掉，并且赔礼道歉，他还拒绝支付修鞋的费用。小女孩痛哭流涕，她没有想到自己的理想也会给人带来麻烦。

祸不单行。又一位顾客拿着鞋子找了过来，这是一位绅士，他的名字叫做迪尔，他拿的鞋子下面画着一对张开的翅膀。

"这是你的恶作剧吗?"迪尔先生质问小女孩。

小女孩点头称是，同时低下头希望他能够谅解自己。

师傅在旁边点头哈腰着："先生，是我管教无方，请您一定不要和一个孩子过不去。"

"不，她简直是个天才，如果她一直在皮鞋下面画画的话，我相信有一天，她能够打破吉尼斯世界纪录。"

小女孩惊恐地望着迪尔先生，她不知道他的话是褒是贬。

"你愿意去我的学校吗？我是说学艺术，我是一名老师，艺术老师，不必考虑费用问题，面对一个天才，我应该有所牺牲的。"

这个叫卢拉的小女孩听后喜极而泣，她跟随着迪尔踏入了艺术的殿堂。她不负众望，在众多的学生当中脱颖而出，成为沙特阿拉伯首屈一指的艺术大家。

当游客们步入上海世博会沙特馆螺旋式艺术走廊后，一定会看到左侧的墙面上展示的118幅漂亮的艺术作品。这些作品都是沙特阿拉伯女艺术家卢拉所设计创作的，作品富有诗意，优雅，色彩缤纷。

苏格拉底问自己的学生："一只鞋子能否飞翔?"

学生们纷纷摇头，只有一个学生站了起来说道："当然可以，只要我们为它镶上一对美丽的翅膀。"

　　那个学生，叫柏拉图。

　　既然一双鞋子也可以自由地翱翔太空，我们为何不能选择飞跃的尝试？只要心灵有了飞的愿望，我们便会朝着终极目标迈进。

从"莉莉"到"芭比"

上个世纪 50 年代的中期，美国丹佛市郊区一家玩具店开业了。它的主人叫露丝·汉德勒，她和她的丈夫为了养家糊口并且能够照顾三个可爱的女儿，不得已从一家收入一般的企业中共同辞职。

她有着美好的梦想，希望有一天有一所大房子，自己、丈夫和三个可爱的女儿住在里面，共同营造一片无比温馨的天堂，但现实是无奈的。他们不得不面对一个漆黑无比的生存空间。

她的三个可爱的女儿，以前一直希望有一大堆乖巧的娃娃。这次进货时，他们满足了女儿们的心愿。在中午阳光最充足的时候，三个女儿围在娃娃旁，汉德勒的眼里闪现着慈祥。

她的二女儿芭芭拉突然跑回了房里，不大会儿，她拿来一大堆的纸张。接下来，在她的主张下，她们开始裁剪各式各样的剪纸娃娃。开始时她们裁的只是市面上常见的"婴儿宝宝"，但不知是谁提议的，她们开始别出心裁地剪一些平常见不到的角色。不大会儿，她们的脚下出现了一个个"英俊少年"，有

156

着各自的身份和职业，上面涂满了她们喜爱的颜色。正在幸福地看着三个女儿的汉德勒突发灵感："为什么不做个成熟一些的玩具娃娃呢？"

这个心愿来源于小时候的一次经历。幼时，她像现在的女儿们一样，十分喜欢娃娃。汉德勒兄妹四个，唯一一次的礼物来源于一次海外姑姑的赏赐——四个普普通通的娃娃，却为他们带来了无限欢乐，姑姑告诉他们："每个娃娃都有一个目标，你们可以试着想一下他们的身份和职业，这或许代表了你们将来的理想和追求。"

所有的兄妹都说完了，唯有她在沉思着。最后，她执著地在娃娃身上的纸条上写上了自己的愿望：做一个玩具大王。

从那时起，她的人生轨迹便不自然地向着自己的理想迈近。她喜欢玩具，尤其是喜欢娃娃一类的，但市面上却没有一种定型的娃娃，多是些无名厂家自行设计的普通产品，孩子们记不住他们的造型和模样。

接下来，她设计了一款叫做"莉莉"的娃娃，由一家德国玩具公司于 1955 年推出。但"莉莉"的造型被设计成了一个放荡而性感的野性女子，这不仅让孩子们望而却步，而且也违背了汉德勒的设计初衷。

为此，她苦苦思索了好长时间。期间，由于她的短暂离开，她的丈夫人单势孤，他们的玩具店生意每况愈下，她不得不抽出时间来经营生意。她的丈夫和一些亲戚朋友为她的大胆设想和投资感到惊讶，他们不理解她的行动究竟会带来多少收入，如果是一条不归路呢？

　　时间推迟到 1958 年，她终于设计出了自己理想的娃娃。她为"她"起了个非常人性化的名字——"芭比"。娃娃的推出却出现了困难。由于她原来设计的"莉莉"营销惨淡，没有一家玩具公司愿意接受她的"芭比"。她坚持不懈了好些天，为此掉下了伤心的眼泪。终于，一个叫做马特尔的公司抱着愿赌服输的思想接受了她的"芭比"。在产品正式推出后，她为自己的娃娃申请了专利。

　　次年，"芭比"参加了纽约玩具展览会，这成了汉德勒人生的转折点。无数人围住"芭比"，为她的精美设计而赞叹——完美的身材，"39：18：33"的比例，金黄色的头发，清新的外貌，还有好几抽屉漂亮的服饰，这一切的一切征服了现场的所有人，也征服了整个纽约，然后延伸到整个美国。

　　"芭比"震惊了全世界，全世界也认识了一个叫做汉德勒的妇女。如今，在世界上 150 多个国家，"芭比"娃娃已经卖出了 10 亿多个。

　　这世上不乏有美梦产生，但又有多少个美梦在困难面前流产？汉德勒的成功证实了一条真理：所有心愿的实现都来源于创造、执著和坚持不懈的信念，这世上有一种力量叫做坚韧不拔。

　　是的，每个娃娃都有一个目标，只要我们的生命不死，理想不破灭，我们就该朝着目标迈进。其实，每个人都应该有一个目标，朝着这个目标虔诚的努力，这才是不留遗憾的人生。

她邀请总理跳舞

    1980 年 3 月，时任澳大利亚总理的弗雷泽要到墨尔本大学视察工作，校方认真地组织着相关工作，以防止出现疏漏。但校长却意外地接到了一个女孩子的来信，她自我介绍说愿意在晚会上邀请总理跳舞。这简直有些滑稽，在澳大利亚历史上，从来没有一个女学生敢于向总理发出这样的邀请。校长断然回绝了她的这种无理要求。

    这个叫吉拉德的女孩子十分气愤，她认为这是校长对自己意见的不尊重。她愤然写了一封信，投给了澳大利亚总理府，希望总理可以接受她的要求，却一直未收到回复。

    弗雷泽的视察工作进行地很顺利，只是在晚会表演时，出现了一则小插曲。这是一个魔术表演："大变小丑"——箱子里什么也没有，辗转多圈后，打开门，意外地出现了一个小丑。按照原来的节目安排，小丑应该在谢幕后离开舞台，但奇怪的现象发生了，小丑摘下了面具，露出了一张可爱而俊俏的脸，她径直来到了弗雷泽面前，邀请总理在大家面前即兴

159

跳舞。

弗雷泽猝不及防，但他体面地接受了女孩子的邀请。周围的人群中立即爆发出雷鸣般的掌声。记者们按下了快门，但秘书和校长的脸上却溢出了汗水。

这个用这样一种别致方式邀请总理跳舞的女孩子，就是朱莉娅·艾琳·吉拉德。弗雷泽在舞蹈结束时，甚至亲吻了她，一时间，她成了妇孺皆知的人物。

这注定是一个集传奇与故事于一身的人物。吉拉德 1998年进入了澳大利亚国会，2006 年开始与陆克文政府合作，在 2010 年的政治大选中，她顺理成章地荣任澳大利亚新一届政府总理，这也是澳大利亚历史上第一位女总理。

想别人不敢想，做别人不能做，也许是吉拉德成功的秘诀。校长当年无不感慨地说道："这注定是一个让世界刮目相看的孩子。"

勇气与自卑是一对反义词，但我们许多人都在二者之间徘徊不定，一筹莫展。拾起你丢弃的勇气，敢于想别人不敢想，做别人不能做的吧！

品格永不贬值

19 世纪初的非洲某国，有一位富翁想给在城里当差的儿子送去 2 万先令。他把此事托付给了邻居的孩子阿里。在当时，2 万先令可以买到 100 匹马和 200 只羊。阿里小心翼翼地将钱绑在腰间，出发了。

路上，阿里遇到一队征兵的人马，他被他们带到一个荒无人烟的山头接受军训。阿里害怕叛军发现他携带巨款，连夜将钱藏到了一个坑里。

不久，军营里发生内讧，阿里乘机跑了出来。他找到了装有 2 万先令的包裹，马不停蹄地向前赶。由于后面有追兵，他慌不择路地跑进了一片密林。

阿里迷路了，他每次都绕一个圈走回到原处。仔细查找原因后，阿里发现自己的一条腿有些短。于是，他每走 100 步便向右迈一步。一个星期后，他成功地走出了大森林。

战争结束了，阿里终于找到了富翁的儿子，对方在听了阿里的遭遇后，送给他一匹马。

　　阿里打算将马卖掉，换成 200 先令再回家。马商看了看马，开出了价："20 万先令。"

　　一匹马居然值 20 万先令？阿里不敢相信自己的耳朵，他问马商："这是匹名贵的宝马吗?"

　　"不，它只是一匹普通的马，我给的价也是公平合理的。"马商说。

　　阿里接着问："如果 20 万先令能够买一匹马，那么，2 万先令能够买什么?"

　　马商解释说："是这样的，战争虽然结束了，但钱却贬值了。现在，2 万先令只能买一顶帽子。"

　　阿里的故事在当地传开了，人们的评价是：钱会贬值，但品格不会贬值。

成长最快的季节

年仅 14 岁的小姑娘休斯顿刚刚从一场模特见面会上回来，她没有得到评委的赏识，虽然她是所有面试选手中年龄最小的、身材最好的，但评委们认为她缺少一种美感，给人一种矫揉造作的感觉。

休斯顿从小立志成为演艺场上的佼佼者，她五岁的时候便开始唱歌、跳舞、走模特步；七岁的时候已经在整座小城里声名鹊起；十岁那年，遇到一位"伯乐"纪伯卡，"伯乐"认为她的长相独特，将来必是可塑之材。在纪伯卡的介绍下，她进入了华盛顿的一所艺校进行学习，业余时间，便是与母亲一块儿收拾自家的田园。她经常在母亲面前做着各种各样的动作，一边练习，一边逗多病的母亲。母亲经常笑地前仰后合，她就像一个天使。

但在一次意外中，她却受了伤。这场意外的打击使休斯顿郁郁寡欢，连艺校也懒得去了。休斯顿躲在卧室里，好像得了严重的精神分裂症。越是如此，她的状态越是每况愈下，等到

163

偶尔有一日，她想温习一下自己的功课时，才发现"一日不练手生"，她已经无法找到自己的最好状态了。

小姑娘躲在屋子里哭泣，母亲一直劝慰却无果，无奈之下，母亲打了纪伯卡的电话。纪伯卡匆匆忙忙地赶了过来，一边劝她，一边说道："你还小，这点失败算什么呀？听老师的，刻苦训练，你的模特步的确有些乱，我感觉你可以在唱歌方面下工夫。你的声音独特，能够唱出多个不同的声调，简直就像天籁之音，这是你的长处。"

小姑娘兴奋起来，尾随在"伯乐"的后面，纪伯卡高兴地带她到田园里游玩，以便让她收拾好自己残缺的心情。

冬天的田园里，树木萧条，肃杀清冷，纪伯卡突然问休斯顿："你知道哪个季节，植物长得最快吗？"

纪伯卡转移着话题，是想让小姑娘从伤心中彻底摆脱出来，休斯顿对这个话题十分感兴趣，她认真地猜测着：

"春天吧，万物复苏，阳光明媚，太阳好的季节，自然生命长得快些。"

纪伯卡摇头表示否定，示意小姑娘继续猜。

"不是春天，难道是秋天吗？秋风瑟瑟，一叶知秋，不会是秋天吧？"

纪伯卡补充道："不是秋天，是你最意想不到的季节。"

"冬天吗？"休斯顿不敢相信这样的结果，她睁大了眼睛，看着老师。

母亲在旁边回答道：

"当然是冬季，植物在冬季生长得最快了。由于没有树叶和枝干重量的压力，植物可以放开手脚，伸展腰肢。阳光虽然少些，大地虽然冰冻寒冷，但土壤下面却十分温暖，埋藏着勃勃生机。植物的根部吸收着冬日特有的营养与养分，生命在这个季节里蕴藏着无尽的力量。一个冬季，树木的主干常常会挺拔许多，粗壮许多，原来矮小的丛林会在冬雪中昂起头来，迎接着春天。"

所以说，冬季才是生命成长最快的季节。

纪伯卡紧跟着说道："人也是如此呀，遇到挫折与磨难，就像人生的冬天，但在这个易受伤的季节里，人最容易长大。磨难使人坚强，伤痛使人有耐性。"

这个叫休斯顿的小姑娘听后豁然开朗，在老师的指引下，她从模特行业转入歌唱行业，从而开启了一位时代巨星的辉煌生涯。她以强而有力的嗓音、宽广的音域为世人所熟知，并成为流行天后。此后，惠特妮·休斯顿在全世界有超过一亿八千万张专辑的销售纪录。根据吉尼斯世界纪录，她是获奖最多的女歌手。

严寒的冬季，让许多人望而生畏，不敢挪动自己脆弱的身躯。殊不知，冬季却是生命成长最快的季节，也是检验人类韧性的最佳季节！那些能够在人生的冬季奋起直追的人，取得成功的胜算最大。

第六辑　爱拼才会赢

宝剑锋从磨砺出,梅花香自苦寒来。

每一个人的成功都是来之不易的,必须经过磨砺,甚至是煎熬,否则成功就没有任何意义。

不要失去狼性

那一年，他十来岁，正是草长莺飞的季节，他忘记了父母亲含辛茹苦的教育，在学校里和一帮游手好闲的学子们一起游戏人生。那一年的年末，他拿着倒数第一名的卷子回到家中，父亲叹气，看着他，对他说："你不是学习的材料，还是回来吧。"

但他的本性使他开始发疯地求父亲，原来他是爱学的。他感到心头有些揪心的痛，他给父母打了保票，再给他一个学期的时间，如果拿不下来，他就自动辍学，回家务农。

次年的春天，一位女孩走近了他原本已经平静的学习生活。情窦初开的他，无论如何也无法使学习的兴趣压倒感情的天平，他恋爱了。恋的稀里糊涂的，后来，他竟然将自己写给她的情书在一次酗酒后贴到了学校的海报栏里，幸亏发现得及时，没有酿成大的祸端。

女孩转学走了，这个学期快结束了，面对着即将失学的危险，他开始发疯地学习，最后好歹为自己父母留住了一点面子。

又过了几年，他大学毕业了，被分配至一家机关单位上班。但，他又喜欢上了打麻将。

一天，他晚上回家时，父亲问他近来的工作情况，他含糊其辞地讲给父亲。父亲最后给他讲了个故事：

"从前，有一只狼坠入狗窝中，它一时间出不去，便慢慢地与狗为伍起来。渐渐地，它觉得与狗在一起挺好的。有主人喂粮食吃，而且过得日子滋润得很。它便慢慢地失去了想要离开的信心和决心。终于，有一天，一场冰雹敲开了关它们的大门，狗儿们疯狂地跑起来，狼也觉得是个时机，便撒腿就跑，但它由于长时间和狗在一起，已经失去了狼的本性，所以它无论如何也跑不快。最后，和狗儿们一起，又被主人乖巧地关在了狗圈里，从此这只狼永远地变成了一条狗。"

父亲最后告诉他："记住，孩子，永远不要让狼失去狼

性，否则狼便成了一条狗。"

在父亲的责备声中，他去了深圳。他临行时将父亲的话写在了日记里，作为自己的座右铭牢牢地记在心上。他告诫自己，永远不要失去斗志。

他专门挑一些有名的外资企业应聘，而且他总在想方设法地直接向总经理递交自己的求职信，终于，在他 24 岁那年，他被一家外资企业录用了。

在单位里，他拼命地工作，利用自己的知识填补公司的各项漏洞。由于业绩突出，他 27 岁那年被调往美国总部任职，现在，他已经是美国丹佛市全球第四大电脑公司的技术总监。这是一个真实的故事，故事的主人公叫做王其善。

他的经历告诉我们：每个人的生命不要指望别人来为自己买单，人永远不能失去奋斗的意志和决心，自信加自强再加上自立，就可以走向成功。

永远不要让一只狼失去狼性，否则，它将永远变成一条狗，永远一事无成。

为自己加油

　　2011 年的法国网球公开赛，注定成为一段经典传奇。在女单决赛中，一直不被看好的中国运动员李娜一路过关斩将，杀入决赛，并且获得了自己人生首个大满贯冠军。她也成为中国网球乃至亚洲网球第一人，其夺冠的如潮评语不亚于中国运动员刘翔与姚明。

　　回首李娜的 12 年职业生涯路，其间的辛苦不言而喻，她经历过无数次的失败，曾经一度有过离开网坛的想法，她已经29 岁了，却一直征战在网球赛场上，难怪拿下冠军后欧美媒体惊呼，她改变了整个网坛的格局。

　　在夺得大满贯冠军后，新浪网对李娜进行了现场采访，在采访地整个过程中，让人印象最深的是李娜说过的一句话："李娜，加油。"

　　这句话最早应该始于 2007 年，上半年顺风顺水，李娜一度杀入了多项顶级赛事的四强，世界排名一度升至第 16 位，她当时也成为众望所归，不仅是中国的一姐，也是亚洲的一

第六辑　爱拼才会赢

姐。但下半年刚刚开始，噩梦不请自来，她先是在一场比赛中受伤，接着，不得不接受残酷的手术，结果竟然是自己受伤的膝盖令她再也无法恢复到正常的水准。半年多时间，李娜将自己雪藏起来，一直在养伤，当时的网坛，没有人再记得这个曾经风光一时的小姑娘。

从那时起，她学会了为自己加油，在以后的每场比赛中，在闪烁的镁光灯前，大家都会听到李娜真诚地对自己的祝福与鼓励。

2011 年法网决赛，李娜对阵意大利卫冕冠军斯齐亚沃尼。赛前没有人看好李娜，都将她当成了一匹黑马罢了。斯齐亚沃尼却是风光十足，在欧洲几万观众的呼声中，她杀入了战场。比赛第一局一边倒，李娜及早地进入了状态，将斯齐亚沃尼杀的片甲不留，但进入第二局后，戏剧性的一幕出现了——斯齐亚沃尼好像找到了巅峰状态，一度将比分扳平，将李娜逼入了死角。

那夜注定成为一个不眠之夜，中国将近一亿人观看了这场比赛，所有人都纠结在一起，替李娜担心。

李娜及时调整了战略步伐，将比分迅速地扳平至 6 平，将比赛带入了抢 7。此时的罗兰·加洛斯红色土地上，一个中国姑娘大声怒吼着，每赢一个球，大家都能够听到李娜挥拳示意的动作，同时嘴里面告诉自己"李娜，加油"。在抢 7 中，她独占鳌头，以一个无可争议的胜利为自己赢得了人生中第一个大满贯冠军。那一刻，世界为之沸腾起来。

许多人说网球赛场上充满了残酷性，没有教练在场指导，现场奋斗者只有你一人，心态的起伏、体能的逐渐丧失，都使整场比赛充满了戏剧性。李娜说过："不是在与对手比赛，而是在与自己。"为自己加油，也许是整场比赛的真正动力。

人生不也是一样吗？

打败昨天的自己

　　他出生在法国北部城市鲁昂市，从小便有着与众不同的政治天赋。他在小学时就参加学校组织的演讲，许多老师说他天生好口才。

　　中学时，他已经是学生中间的风云人物了，学校里组织的所有比赛，他都会欣然前往，且全力以赴。

　　高中二年级时，他有幸成为新年晚会的总编辑，负责整场晚会的文字准备与编辑工作。他将自己关在宿舍里好多天，闭门造车的结果是他整理出来一大堆无用的文字。这些文字全来自于他一个人，结果主持人的串词漏洞百出。

　　晚会的总导演叫法克先生，他是教务处的副主席，以十分轻蔑的眼光瞅着面前这个一度不可一世的"混世魔王"。法克先生看了文字后，二话不说，要求学校教务处撤销他的总编辑资格。法克先生认为编辑工作是整场晚会的支柱，如果编辑不到位，或者是根本就不会组织，整场晚会就无法顺利完成。

　　他很快收到了通知，通知里一句话简洁明了：总编辑工作另觅他人。这对于一个刚刚年满 17 岁的孩子来说，简直无异于五雷轰顶。

他的眼泪肆无忌惮地攻击着自己的脸颊，他找到了总导演与学校里的一些领导们，要求他们收回成命，自己会从头再来。

没有人理睬一个孩子的心情，一些好事的学子们竟然将此事传得沸沸扬扬，他们的潜台词，不过是告诉大家：做人要谦虚，人外有人，天外有天。

这个孩子思考片刻后，将自己重新关在宿舍里。这一次，他组织了两位同学，一个有着良好的声乐天赋，一个具有极佳的表演天才。用了两天两夜时间，他重新将整理好的文字放在总导演法克的书案上。

法克正在为此事烦恼，因为晚会已经临近，却无法找到合适的文字编撰人员，他试着写了几页，却感觉不好。

放在案头的文字似一道闪电，打开了法克先生的心扉。法克一边看着，一边手舞足蹈起来——这份串词出类拔萃。

法克的目光盯在总编辑的名字上：弗朗索瓦·奥朗德。

原来，奥朗德在宿舍里模拟了整场晚会的全部节目，与两位同学一块儿锤炼语言，尽可能做到每句台词都逼真地反映现场的气氛。他以一场经典的传奇式的补救措施，震惊全校。

奥朗德在一周后的校报上刊登了专栏文章《打败昨天的自己》："人最大的对手不是敌人，而是自己，人无时无刻不在与昨天的自己斗争。你的目标是打败昨天的你，不能让昨天的你凌驾于今天的你和明天的你的脖子上。"

奥朗德大学毕业后便踏入了政坛，开始时是个无名小卒，后来由一个"潜力股"飙升为"绩优股"。他擅长演讲，且内容极富有"煽动性"。2001 年至今，他一直担任法国社会党的领袖，2012 年他以社会党候选人的身份与总统萨科齐一起角逐新一届法国总统。

在竞选演讲中，他提出了"号召全民力量，振兴经济"的口号，他提醒大家："学会反省自我，昨天的我不堪一击，今天和明天的我一定是最优秀的，我们的国家同样如此，虽然面临经济停滞，但只要全民同心，与昨天的国家斗争，明天的国家一定会充满希望，朝阳就在我们的前方。"

2012 年 5 月 6 日下午，在第二轮选举中，奥朗德击败了萨科齐，众望所归地成为法国新一任总统。

许多人将昨天的自己扔进了历史里，今天与明天的道路依然迷茫且漫长，而智者能够从昨天的失败中找出经验与教训，

以"昨天"为鉴，映照"明天"。

昨天的你一定不是最精彩的，今天的你依然闪烁不定。我们需要打败昨天的自己，在生命的竞技场上，寻找一个崭新的自我。

人生最大的敌人不是对手，而是自己，今天的自己是在与昨天的自己作斗争，如果你能够取胜，便百尺竿头，更进一步。

从轻狂少年到 IT 精英

狂人库克，职业是 IT，但原来却只是一个江湖上的小混混。

库克与一帮人打架，结果被打得鼻青脸肿，其他的同伴却毫发无损。夜晚时分，库克捂着伤口狂想，为何自己的遭遇如此差？是因为自己太老实。

库克觉得自己这个小角色不符合个人理想，于是便想着补充知识。小混混们业余时间便是上网、聊天和看视频，库克截然不同。他忙着搜寻各式各样的互联网知识，在网上注册了属于自己的域名与网页，让大家知道一个与众不同的库克。

知道库克要去参加培训时，大家纷纷说库克是白日做梦吧！但库克不理不睬，决心由一个小人物成为一个有品位、有知识的人才。

果不其然，小混混库克有着惊人的学习天赋，整夜整宿的，将自己的思维牢牢贴在课本上、电脑上。

学员们说这是个狂人，不肯休息的狂人，于是便有几个好事者纠结几位美女前来骚扰，不相信他不为之所动，但库克依然执著，不肯被美色破坏了学习的程序。几个回合下来，美女们叫苦不迭，纷纷逃之夭夭，只留下一个孑然一身的库克。

库克也想去培训？

库克毕业后无事可做，做了几桩买卖，却依然被命运所捉弄，于是他想到了康柏公司。当时康柏公司在大量招收雇员，他没有靠山，凭的是本事，肯吃苦，进去后受人猜忌，只得做了一年的苦力差事，但他肯动脑筋，肯为别人分担，所有的人都喜欢他——他可以整晚加班而不知疲倦，这样的疯狂状态哪个老板不喜欢？

一不小心，机缘巧合，库克登上了公司的中层岗位，这个岗位许多人垂涎已久，却没有成功，但大家对库克的上任表示理解，试想：一个肯将全部生命倾洒到工作岗位上的人，哪个人不表示佩服？

库克一上任便雷厉风行，采取了几项雷霆措施，效果奇特。后来，这个废寝忘食的家伙几乎家喻户晓，连苹果公司总裁乔布斯也对之刮目相看，经过几次谈话后，库克竟然提出了一个让乔布斯大吃一惊的想法，他要离开康柏，去苹果公司。

这样的想法正符合乔布斯的思想。经过多次协商，乔布斯如愿以偿地俘获了库克，从1998年起，库克正式成为苹果公司的副总裁。

当时的苹果，机构臃肿，苦不堪言，上任伊始的库克以秋风扫落叶的姿态在半个月内接连不断地出台各式各样的规章制度，将整个苹果公司搅成了"一锅粥"。许多人风闻他的办事风格，认为"世界末日"将要降临，但库克却告诉大家："苹果要加薪，减少工作时间，但前提是提高工作效率。"

有这样的好事，大家认为他痴他癫他狂，不过是一句玩笑话罢了，谁年轻时候没有犯过轻举妄动的错误？

但结果却让大家大跌眼镜，如释重负的苹果长成了一颗成熟的硕大的苹果，枝叶更加繁茂，生命越发苍翠。

2011年8月，乔布斯突然间宣布一个重大决策，他要让贤于库克，他认为库克的才能已经超越了自己，自己甘愿退居二线，从此不再干政。

狂人库克终于由一个小混混成为了一个IT业大亨，他自己曾经表态，一个人最疯狂的时候也是状态最好的时候，在状态最好的时候疯狂工作与学习，你就离成功不远了。

话虽简单，几人能够做得到？

《希腊的政治宣言》

1955 年 4 月，希腊首都雅典市第二小学，年仅 8 岁的卢卡斯颤抖地站在课堂上，下面是各种奇怪的目光，老师在旁边鼓励他，父亲在台下的目光犀利且坚定，8 岁的孩子，心中五味杂陈，不知道如何陈述自己稚嫩的想法。

在台上僵持了约五分钟后，年幼的卢卡斯选择了哭泣退场。听众满堂大笑后，父亲将卢卡斯拉进自己的私家车里开始了训斥。

父亲十分严厉地与卢卡斯协商，要为他制定一套详细的训练计划，以提高他的胆识与智慧。这个想法让卢卡斯的老师直摇头，说："孩子太小了，不适合这样的魔鬼训练方法，他会崩溃的。"父亲斩钉截铁地与老师理论着："这是我的孩子，我有选择的自由，我的要求就一条，在 8 岁，他必须有能力在台上演讲，而且必须成功。"

一个 8 岁的孩子，按照常理，他应该处于玩耍的年代，可以与一帮小朋友们一块儿与泥巴打交道，更可以在电视机前看

181

人见人爱的动画片，但父亲不允许他这样做，父亲的思想十分执著：在这个以政治为主的家庭氛围里，他不希望自己的孩子从小落在别人的后面。

8岁的卢卡斯站在父母面前，母亲的眼睛里尽是眼泪，卢卡斯中规中矩地演讲着父亲写好的稿子。稿子念完了，父亲鼓起了掌，卢卡斯却是满脸泪水。

三个月后，还是在班里，卢卡斯顺利地完成了自己生涯里的第一次演讲，这样的演讲博得了学校师生的掌声。卢卡斯的父亲并没有满足，而是邀请大家在三个月后，到市礼堂观赏卢卡斯的演讲。

没有人知道这个家长要干什么，他是想让自己的儿子过早涉入烦人的政治吗？这样出人头地的方式令人难以理解。

为了在市礼堂演讲，父亲专门请了假，且请了高人指导他。卢卡斯在训练疲惫时，禁不住问父亲："爸，这样做为了什么？政治太高深了。"

　　父亲用眼睛瞪他："我是让你从小种下当总理的种子，在希腊这个国度里，要么当企业家，要么当政治家，政治家的目标只有一个，就是当上总理，我没有完成的任务，你要替我完成，目标只有一个。"

　　雅典市礼堂，那天座无虚席，尽是父亲邀请到的各界名流。8 岁的卢卡斯在台上讲了一篇《希腊的政治宣言》的文章，文章中尽是父亲关于希腊政治的观点，内容虽然乏味，但从一个 8 岁的孩子口里讲出来，简直是一种艺术与欣赏。台下掌声如潮。

　　8 岁的孩子在孩提时便种下了一棵叫政治的树苗，从此在父亲的庇佑下，开始生根发芽，直至成了希腊议会的一名议员。

　　2011 年希腊全民公投，总理帕潘德里欧将自己的政治生涯扔进了谷底，希腊人民将新的希望投给了卢卡斯。2011 年 11 月，卢卡斯·帕帕季莫斯当选希腊新一届总理。

　　政治基因早已经在他的心中根深蒂固，枝繁叶茂，相信他可以带领希腊人民挺过难关，因为人们相信这个曾在 8 岁时发誓要给希腊人民幸福的孩子。

　　其实，从小种下一颗理想的种子，经过世间沉淀，走过人世沉浮，在姹紫嫣红的背后，就是一个五彩缤纷的春天。

一捧沙子的数量

　　1997 年的阿根廷圣菲省罗萨里奥市，一个年仅 10 岁的孩子正低头数着手里面一捧沙子的数量，这是祖父给他布置的一项技术难题。祖父对平日里骄横无比、目中无人的孙子布置的这项课题，让孩子十分头疼。他计算半天仍然无果，最后一阵风吹过来，沙子满天飞，也打碎了孩子的梦。

　　这个叫梅西的孩子深夜里一直在哭泣，他追问祖父如何计算手里沙子的数量？祖父却一直没有回答他，这需要他用时间去丈量。他问了许多高深的人士，比如说他的足球教练，教练对这样的问题不感兴趣，只是叮嘱梅西注意训练，不要在乎这个无聊的问题。

　　梅西是阿根廷众多球员中的一人，他普通地像一颗凡星，他曾经发誓要成为一颗耀眼的明星，可那个奇怪的问题一直缠绕在他的心头，挥之不去。他无数次地在休息时间去数沙子的数量，可是每次都因为各种原因而败北，也许这就是一道无解的难题，只是祖父的恶作剧罢了。

时间一直流淌着，梅西的奋斗路程崎岖不平，他一度产生了离开球队的思想，每当这个时候，他的祖父便会将那道题拿出来，告诉他："如果想要离开球队，告诉我这些沙子的数量。"

祸不单行，11岁的梅西被诊断出了发育荷尔蒙缺乏，这会阻碍他的骨骼成长，家里经济条件难以支付梅西的治疗费用，他只好暂时离开了球场。时间来到了2000年，他良好的天赋及奔跑条件被巴萨的雷克萨奇相中，将他带到诺坎普。为了他的足球事业，梅西举家迁往了欧洲。

年迈的祖父平日里喜欢看梅西踢球，但对他要求苛刻。在残酷的治疗之余，梅西需要付出比其他球员更多的耐心与痛苦，每每别的孩子回去休息了，梅西仍然蜷缩在按摩椅上接受治疗。梅西一度产生了退却的念头，可是祖父的刁难一刻也没有停止。

18岁那年，梅西首次代表效忠的巴萨队出战，他连中三元，上演了帽子戏法。梅西一夜成名。

成名后的梅西出现了情绪化，往往是满脸自豪的进场，却踢不进一个球去，教练对他的评价是带球质量不稳定，需要脚踏实地。

恰在此时，梅西却收到了祖父生病的消息，回到家园时，祖父奄奄一息。他临终前将一捧零碎的沙子塞进梅西的手中，用颤抖的声音说道："这个问题无解，人如沙，活的要有质量，而不是平庸的数量。"

梅西从此后发狠心锻炼自己的思想与素质，终于，从 2008 年开始，他开始频频获得世界足坛的大奖。2012 年 1 月，由于其过去一年的杰出表现，梅西获得了 2011 年度 FIFA（国际足联）金球奖，并成为连续三年蝉联此殊荣的第一人。

一捧沙子到底有多少？没有人能够说清楚。这，让人想起了一则故事：

有一粒沙子，一直待在沙漠里，无人问津。后来，它被一匹马踩到了脚下面，它牢牢抓住马蹄，不让自己掉下来，辗转几万里，期间的艰苦无数。忽然有一天，它来到了一处所在，光芒四射，无尽繁华，一个僧人从马上跳了下来，转眼间成了佛，而这粒沙子便成了僧人旁边的金沙，这个僧人就是中国唐朝的玄奘法师。

人如沙，不计其数，一粒平凡的沙子如何体现自己的价值？不是缩在无边的沙丘里等待岁月的轮回，而应该像那粒金沙一样，奋斗一生，换得金身。

千里马做伯乐

　　他 1982 年出生在俄罗斯的喀山，家庭背景一般。在喀山大学读书时，他喜欢钻研 IT 行业，并且办了全校唯一一份 IT 行业的报纸。他曾经在学校的演讲会上信誓旦旦："自己愿意开启俄罗斯 IT 行业的未来。"

　　为了实现这个理想，他在学校里专心攻读 IT 专业，利用业余时间跑到莫斯科的电脑市场上兜售自己的思想。他曾经在实习期间，数次敲打数位传媒大亨的家门。他陈述自己的理想，希望得到一份收入可观、能够施展自己才华的工作。虽然他的这种思维没有任何错误，但在俄罗斯，他却没有得到赏识，也没有得到任何一位大款与精英的垂青。他一度郁郁寡欢。

　　毕业后，他仍然坚持走自己喜爱的 IT 道路。他躲在一家小型公司的办公室里，挣微薄的薪水，夜晚时候到酒吧里卖唱买醉。除了怨天尤人外，他找不到一丝安慰自己的理由。

　　他一直在寻找发现自己这匹良驹的伯乐。他曾经毛遂自荐，将简历复印到一千份，然后撒到莫斯科的大街小巷，但他收到的电话大多数是名不见经传的小公司打来的。他们希望他能够安下心来，做一份打字或者编网页的工作。

时间一直在流逝，他的理想未曾改变。一次良机，他有幸参与了一家 IT 公司的重组工作。这家公司到了面临倒闭的边缘，急需要转让出去，他想购置下来，作为自己发展的基础。他跑遍了莫斯科所有的银行，终于争取过来一些可怜的贷款。他与对方沟通协商后，以贱价买进了这家 IT 公司，但同时也带来了 40 万卢布的债务，这对于一个刚刚毕业的孩子来讲，无异于天文数字。

一切从负数开始，他用了三年的时间苦心经营，好不容易偿还了所有的债务，但金融危机漫延全球。在 2008 年，他重新一贫如洗，他的互联网产品原来畅销无比，一夜之间却无人问津，原来的广告商踢破了门槛，但现在，他却收不到一家广告公司的订单。

危机不等于绝望，凭借着天生的机敏与才智，他东山再起。2010 年，他成立了 IT park 公司，不到半年时间，凭借着良好的人脉关系，他迅速汇集了众多 IT 界的精英，仅用了一年时间，他的营业额便突破了 1 亿美元。

后来，好运连连。2012 年，俄罗斯新任总统普京慧眼识英雄，在俄罗斯众多财富精英中选中了他，从 5 月份起，他出任俄罗斯信息部长。他是俄罗斯历史上最年轻的部长，是全球80 后的骄傲。

俄罗斯媒体竞相报导年轻部长尼古拉·尼基福洛夫。他激动地自我介绍道："不是所有的千里马，都能够找到适合自己的伯乐，如果没有伯乐垂青，自己就是自己的伯乐。"

如果你是千里马，与其说苦等伯乐的光临，倒不如静下心来，苦其心志，铸炼自己的体魄与精神。无论在什么境遇下，我们都要坚信：我们就是千里马，千里马也可以是自己的伯乐。

自己做自己的伯乐。

电影大院里的童工

一个年仅 12 岁的男孩子，认为上学对于自己是一种负担，他想当一名演员，因此他辍学回家，与父亲信誓旦旦地商量此事。他本来以为父亲会勃然大怒，结果父亲居然同意了他的意见，但父亲提出了一个条件：想要当演员，就要到曼彻斯特电影大院里当童工。

男孩子与父亲打了赌，自己要凭真本事进入电影大院里当童工三年。三年期满后，父亲则保证将自己送到伦敦电影学院去深造，并实现自己毕生的梦想。

他踯躅在电影大院门口好长时间，给每个进入电影大院的大腕们鞠躬至地，希望他们将他收留，自己心甘情愿给电影大院打扫卫生，并且分文不取，但他失望了。没有人愿意收留一个童工，一是他这个年龄段的孩子，控制不了自己的思想与言行，二是根据英国法律，雇用童工是一种犯罪行为。

一周时间过去了，依然没有结果，他失望至极，坐在电影大院门口不停地哭泣着。电影大院的管事人出来了，因为他害

怕引起媒体的注意力，这儿可是全英国的电影中心，他们害怕
负面报道会影响他们的生意。

　　男孩子掷地有声地介绍自己，说自己已经辍学在家，想到
电影大院里当童工，不要报酬。

　　管事人不敢收留他，转身想走，男孩子的说话声中明显藏
满了哭腔。管事人犹豫了半天后，最后决定收留他，但是以徒
弟的身份，而不是童工，表面上虽然如此，但他在电影大院里
做的却全部是童工的工作。

　　他每天的工作十分辛苦，帮助著名演员们收拾行李、准备
饭菜、整理道具。如果遇到拍摄的时候，他会自告奋勇地当群
众演员，但他的身影没有一次在电影里露过面，因为他个子矮
小，瘦弱不堪的缘故。

这里面有许多著名的导演，比如说库布里克，他就住在东边的一排楼房里，小男孩曾经和他打过照面。一天，小男孩慌作一团地介绍自己，说："如果有机会的话，我愿意演一个配角。"大导演库布里克对这个孩子刮目相看，终于一个合适的时机，他启用了小男孩，但问题却出现了——由于他学业不精，居然看不懂台词，需要别的演员们言传身教，库布里克对他由兴趣转为冷淡！小男孩发现了自己的这个缺憾，当时，他后悔自己在上学时没有用心听讲。

在与父亲做了简短的沟通后，他以保留童工的身份暂时请假三年，进入了曼彻斯特第一中学进行苦读。三年的时光里，他几乎学遍了小学加中学的所有课程，本来可以考大学的，但令大家奇怪的是，他竟然又一次辍学了！他给学校的理由是自己要继续去电影大院里打工。

15岁的男孩子，重新进入了曼彻斯特电影大院里，他的身份依然是一个童工，他每天起早贪黑地忙碌着，与大导演们扯家常、讲笑话，听他们讲拍摄过程的故事。闲下来时，他便躲到墙后面，看着演员们一本正经的表演，回到宿舍里，他便学得惟妙惟肖。

28岁那年，他开始导演电影，凭借着得天独厚的才华和亲自当演员的经历，不出手则已，一出手便是举世皆惊。在短短的二十年时间里，他导演了近二十部家喻户晓的电影作品：2008年的《贫民窟的百万富翁》简直是神来之笔；2010年的《127小时》，构思奇巧，不可思议，让人觉得匪夷所思。他先后八次荣获奥斯卡金像奖，可谓是当代英国影坛的第一人。

　　不仅如此。由于 2008 年北京奥运上，张艺谋导演的开幕式让全世界为之赞叹，英国奥组委同样想模仿中国，用一名才华横溢的电影导演担当 2012 年伦敦奥运会开幕式总导演的重任。2011 年底，总导演一职揭晓，丹尼·博伊尔，这位大导演实至名归地成为开幕式的总导演。

　　谈起自己在曼彻斯特电影大院里的童工生涯，博伊尔感慨万分："我感谢这段经历，让我耳濡目染了艺术的氛围，如果自己在另外一个场所，不可能有今天的成就。"

　　环境塑造人的品质与才能，环境也是成功的一个重要因素。如果你一直待在火鸡中间，你很难像雄鹰一样展翅。

写回绝信的男孩

　　1983 的隆冬时节，法国卢瓦雷地区的皮蒂韦耶，一个年仅 18 岁的男孩子伫立在风中，他的目光中带有哀伤和怅惘。他手里拿着一本厚厚的书稿，书稿上面的题目十分引人注目，叫做《地图与领土》。

　　他是一位业余作者，刚刚收到第 13 家出版社的回绝信。信中无非是一些推诿的说辞："我们出版社经费有限，暂时无法考虑您这本书的出版。"

　　半年时间以来，他一直在寻求出版社能够出版自己的这本书。他觉得这本书是自己多年来思想与智慧的结晶，如果问世的话，一定可以受到读者的青睐，但出版社对此书的内容均不看好，因此他们都找了各种理由进行回绝。

　　他在寒风中呆了许久，终于他想到了一个好办法以泄心头之愤。他想给写回绝信的这家出版社的老板让雷先生也写一封回绝信。在信中，他想表白一下自己对他们这封回绝信的看法，信的内容如下：

亲爱的让雷先生：

收到您的回绝信，我感到十分吃惊，因为我觉得你们的"才能"实在让我钦佩不已，将原书稿只字未改的退回，在法国出版界绝对是一次创举，我想我可以宣传一下你们的经营方法。

我每天都在收到许多封耐人寻味的、让我啼笑皆非的回绝信，但我只是看一眼，便将它们扔在尘埃里，因为我觉得它们不值得我浪费太多的时间，但是今天，在我的心情正十分沮丧时，您的回绝信却到了。

对于您的回绝信，我充满了兴趣，于是我冒出一种想法，我要破例也写一次回绝信。我想我可以选择回绝您这封不准备出版我书稿的信笺。

我觉得您的这封回绝信不适合我，因为我实在就是一个天才，如果你错过了一个天才，恐怕会遗憾终生的。因此，我觉得在12月份结束以前，我能够收到您的邀请函，然后我们可以在一家咖啡厅里，签署关于出版我这本书稿的协议。当然，咖啡应该由您来买单。

希望我这封回绝信能给您带来好运。

真诚的维勒贝克

一周后，在法国巴黎最大的一家咖啡厅里，让雷先生约见

第六辑　爱拼才会赢

了一个叫维勒贝克的 18 岁男孩，他们签署了关于出版《地图与领土》书稿的协议，一个伟大的作家诞生了。

这个写回绝信的男孩子维勒贝克，于 2010 年 12 月凭借《地图与领土》的再版获得了法国最有影响力的文学大奖——龚古尔奖，而他别具一格的传奇经历也让大家对他的成功刮目相看。

世上有许多种成功的方式，不是大家缺乏想象力，而是没有将这种想象力付诸实现的信心与勇气，但愿所有的孩子们像维勒贝克一样：敢于对世界说不。

一千只眼睛看世界

　　1954 年仲秋时节，英国首都伦敦，一个年仅 18 岁的孩子办了一个大型的画展，展出了自己从 12 岁以来的画作和摄影作品，其中不乏精品。

　　展览的第一天，宾客如云，但从第二天开始，便人烟稀少，门可罗雀了。展览方的负责人通过多方打听才知道，与他们同时展出的，还有另外一位画家的画展，那位画家才思敏捷，画风奇特，吸引了无数游客前往观看。也就是说，他们选错了办画展的最佳时间。

　　18 岁的戴维十分沮丧，他坚信自己的画作天真无邪，充满了现实主义与浪漫主义的结合，是现代派与原始派的充分融合，这样的画作竟然无人问津，简直不可思议。他认为是对方使了手脚，不过是作秀和招徕顾客的一种手段罢了。

　　戴维和创办方的领导一块儿去画家的展览馆里参观。那位画家的展览就在自己的小画室里，没有多少空间，却布置的行云流水。画家坐在轮椅上津津乐道地介绍着，他就是自己画作的推荐人，没有名家在场，但他的故事和画作却感染了许多人，人们奔走相告一个残疾画家自强不息的奋斗故事。

戴维至此才知道天外有天。画家将故事与画作充分融合在一块儿，作品中突出了现实主义的风格，苦难与磨砺尽在其中，让人们望而生痛，痛而生情，简直就是一种无与伦比的风貌。

戴维当场跪在画家面前承认败北。

画家根本不认识这个孩子。当画家知道孩子在办一个画展时，画家笑了，说道："巧合而已，如果知道你办的话，我就改变日期了，我宁愿成全一个孩子的梦想。"

戴维认了这个画家为老师，自此后，照顾老师的日常生活成了他的必修课。

老师认真地说道："所有画家和摄影家的作品都有一个严重的缺憾，这种缺憾不是艺术上的，而是硬件上的。他们只是画出了事物的一面而不是大多面，就像一个相机，只能够拍到一面，而不是全面。一个画家的眼睛，只能够看到花儿的正面，却没有看到花儿的背面。每个事物都有其全面性和片面性，如果能够将事物的全面性展现出来，将是一次划时代的变革。"

戴维记住了老师的话，他在摄影和绘画时，努力站在不同的角度考虑事物的层面，尽可能地将画作的整体展现出来，但画出来的作品不伦不类，四不像，没有人能够看懂，画不叫画，而是一堆枯萎的艺术品罢了。

22 岁那年，戴维与伙伴们去野外玩耍。他们每个人都拿着一个相机，戴维提议大家拍摄同一朵花，要站在不同的角度进行拍摄，看十台相机能否将花儿的姿态拍摄完整。大伙儿十分欣赏他的这个提议。

晚上照片洗出来以后，他心花怒放，这些美丽的画面如果能够重组在一块儿，就是一朵花的绽放过程，他利用高科技技术将每张照片的精华部分重新组成一幅画。这幅叫《一朵花的整个人生》的画当日刊登在《英国时报》副刊上，引起了空前绝后的反响。摄影作品也能够如此吗？这是怎样的一种艺术境界！许多人奔走相告，导致当日的副刊销售一空，在不得已的情况下加印一万份，而在英国报业史上，这是唯一的一次。

戴维没有停歇，在以后的职业生涯里，他成功地将同一个景物利用多台照相机进行拍摄后重组。画作也是如此，在不同的角度进行描绘后，再挪移至另一张画作上，许多人称赞戴维应该申请这方面的专利，因为这保证可以让他发一大笔横财。

2011 年底，《英国时报》对这个老艺术家进行了专访，

标题是《一千只眼睛看世界》。戴维最后说道："其实每个人都可以拥有一千只眼睛，其中有善良的眼睛，可恶的眼睛，真诚的眼睛，我想做的，不过是尽可能地展现出事物的每个层面，这不是技术，如果大家在意的话，每个人都可以做得到。"

有的人，一双眼睛就可以看清大千世界，而有的人，即使拥有了一千只眼睛，看到的，也不过是欺骗、恶心与污浊，这怨谁呢？

眼睛是心灵的窗户，可以看到真善美，也可以透视假恶丑。挽留每一刻真爱，让美丽永存人间。